Michael Dirrigl:
Franz Graf Pocci der Kasperlgraf

W0281680

GRÄV

Verlag der ***GRÄGS***
Egerländer Straße 4
82166 Gräfelfing

Gräfelfing 2016

ISBN 978-3-942138-46-8

Michael Dirrigl

Franz Graf Pocci
Der Kasperlgraf

Zeremonienmeister
und Hofmusikintendant

»drîer künege getriuwer kameraere«

neu bearbeitet
und mit Illustrationen versehen von
Johannes Glötzner

herausgegeben von der
Franz Graf von Pocci Gesellschaft

Willkomm.

Herein, herein,
Mein Haus ist klein!
Die Thüre steht euch offen,
Wollt ihr zu Viel nicht hoffen.
Habt Durst ihr, trinkt,
Der Becher winkt;
Ein gastlich Haus heißt euch willkommen,
Und ruft euch zu: vorlieb genommen.

Wie Georg J. Wolf in seinem schon klassischen Lesebuch »Ein Jahrhundert München 1800–1900« schrieb, gehörte Franz Graf von Pocci (1807-1876) mit Franz von Kobell und Herzog Max »zu den volkstümlichsten Persönlichkeiten im biedermeierlichen und maximilianeischen München«: »Ein Universalgenie, als Maler, als Zeichner, Musiker, Dichter tätig, das Münchner Gesellschaftsleben fast vier Jahrzehnte hindurch beherrschend.«

Franz Wolter nannte Pocci »einen Eulenspiegel und Simplizissimus zugleich aus der Zeit der Romantik des alten München.«

Hans Karlinger bezeichnete den »Kasperl-Grafen« als »originellste Figur, die neben Schwind in München lebte« und den »Münchener Bilderbogen zu Zeitgeltung verhalf«. Am 10.Juli 1906 schrieb Georg Fuchs in den Münchener Neusten Nachrichten, Pocci sei ein ganz genialer Kopf, ohne den München wahrscheinlich niemals die Hauptstadt des deutschen Humors geworden wäre.

Franz von Pocci, der – 1830 Kammerjunker und »Zweiter Zeremonienmeister« am bayrischen Hof, 1839 Kammerherr, 1847 Hofmusikintendant (als solcher zugleich Präsident der Musikalischen Akademie, einer Vereinigung der Hofmusiker mit eigenen Statuten), 1363 Oberzeremonienmeister, 1864 Oberstkämmerer – »im Dienste dreier Könige« stand: Ludwigs I., Maximilians II. und Ludwigs II., hatte im Kulturleben Münchens eine – unbestritten – führende Stellung inne. »So bin ich's denn!« vermerkt Pocci in den späten Aufzeichnungen »Meine Gedanken und Betrachtungen«. »Diese odiosen Ehrenlasten, die andere beglücken würden, sind mir eine Pein! Niemand würde es glauben; allein, weiß Gott, es ist so! Wie dem auch sei, ich muss es haben, und's wird wohl gut sein.«

Der Dichter, Zeichner, Maler, Musiker, Neubegründer des Kinder- und Volksbuches und Klassiker der Puppenkomödie, dazu Journalist, Übersetzer, Kunsthistoriker und Graphiker, war u.a. Komtur des Zivilverdienstordens der bayrischen

Krone, des Verdienstordens vom hl. Michael, des kgl. griechischen Erlöserordens, Kommandeur des Päpstlichen Ordens vom hl. Gregor, Inhaber des Großkreuzes des k.u.k. Ordens der Eisernen Krone, des kgl. Preußischen Ordens vom Roten Adler und des schwedischen Nordsternordens.

Seit 1844 war Pocci Besitzer des Ritterlehens Ammerland, seit 1854 Ehrendoktor der Philosophie, verliehen von Rektor Ludwig von Arndts und Dekan Justus Freiherrn von Liebig: »ingenii cultura, antiquitatum patriarum cognitione et poetices laude insigni« (durch hohe Geistesbildung, die Kenntnis heimischer Altertumskunde und durch dichterischen Ruhm hervorragend, wie das Diplom dem »nobilissimo et doctissimo viro« bescheinigt), Mitglied und Ehrenmitglied mehrerer gelehrter Gesellschaften, u.a. (seit 1848) der Gesellschaft für pommersche Altertumskunde, des altertumsforschenden Vereins zu Meiningen, der historischen Vereine für Niedersachsen, Hessen und Nassau.

Rühmend hob Karl Voll z.B. hervor: »Vignetten wie Pocci hat kein Illustrator der Zeit fertig gebracht.« Erstaunlich auch die Vielfalt und Fülle der Briefpapier-Vignetten und zierlichen Korrespondenz-Karten (in Farbendruck bei Prantel).

Zu bescheiden, um von sich das Große zu fordern, begnügte sich Pocci, wie es schien, mit einem Dilettantismus künstlerischer Art, dem schlichtes Naturgefühl, genuiner Humor und romantische Grundstimmung das Besondere, unverwechselbar Eigene gaben; Spiegelung zugleich einer Epoche, die herbstlicher Schwermut nicht entbehrt, einer Zeit »tief im Abendrot«. Die erstaunliche Vielseitigkeit Poccis, mit Hauptursache für das – leichtfertig gebrauchte – oberflächliche Schlagwort »Dilettantismus«, verführte schon Heyse, in dem »Kasperl-Grafen« lediglich den Typus des vielseitig begabten altbayrischen Dilettantismus zu sehen, gönnerhaft bereit, ihn als »leichtfertigen Improvisator« ausschließlich für gesellige Kreise und für die Kinderwelt gelten zu lassen. Pocci jedoch war die Kunst kein Spiel, sondern heiliger Ernst; vieles in seinem Werk ist – ungeachtet der leichten, scheinbar zufälligen Art seines Schaffens – von hoher Kunst, dauerhafter und wertbeständiger in der Tat als manches, was berühmtere Zeitgenossen schufen. Joseph Nadler hat ganz recht: »Die gaukelnde Anmut seiner Bildkraft und die wunderbare Leichtigkeit zu arbeiten waren besser als sog. Vollendung.«

Der »Kasperl-Graf«, der u.a. Joseph Jouberts »Gedanken, Versuche und Maximen« meisterlich übersetzte, als Schriftsteller und Graphiker sechzig Bücher schuf, für die »Münchner Bilderbogen« (seit 1849) über ein Viertelhundert Nummern zeichnete (darunter die »Märchen vom Fundevogel« und »König Drosselbart«, das große »Alphabet« und »Einmaleins«, die »Kindersprüche« und »Sprichwörter«), Jahre lang der Augsburger »Allgemeinen Zeitung« Korrespondenzen über Musik und Kunst lieferte: zuständig und anerkannt als Verfasser von mehr als 600 Kompositionen, der »Neuen Münchner Zeitung« zahlreiche kulturhistorische Studien einreichte, auch ein treuer Berater und Mitarbeiter der – von Isabella Braun (1815-1886) redigierten – »Jugendblätter«, zählt jedenfalls – nicht zuletzt als Mitarbeiter an den (1844 von Kaspar Braun und Friedrich Schneider gegründeten) »Fliegenden Blättern« – zu den besten Zeichnern des deutschen Biedermeier, als genialer Illustrator (in manchem auf Schwinds Höhe) von nicht geringem Einfluss auf Ludwig Richter, Wilhelm Busch u.a.

Poccis »Festkalender« (seit 1834) gab Ludwig Richter die entscheidende Anregung für ein Schaffen, das ihn nachmals zum »Liebling des deutschen Volkes« machte. »Pocci interessiert mich doch bei weitem am meisten«, schrieb er in seinen Lebenserinnerungen eines deutschen Malers, »nicht nur durch die Feinheit der zeichnerischen Erfindung, sondern auch durch die geschickte Art, wie dieser Bild und Schrift zu einer Einheit zusammenzufassen strebte.«

Der sich selbst als »Schnak von Ammerland«, als – aufdringlich-lästiges – Insekt karikierte (siehe Bild), sich immer wieder selbst mit der Schellenkappe malte, sich mit Vorliebe als Kasperl oder Narren (»Hans Wurst«) verglich:

Viel Häslein springen übers Feld,
Viel Narren gibt es auf der Welt,
Und der das Sprüchlein hat erfunden,
Ist einer von den ärgsten Kunden,
Weil ihm zu allen Tagesstunden
Sein Sinn durch Narrheit ist gebunden.

Allem und jedem gegenüber der unbestechliche »Pasquillant« (wie sich Pocci in den »Erläuterungen«, d. h. im Kommentar zu den Karikaturen Alt-Englands, nennt) von langer, hagerer Gestalt (»Monsieur le Maigre«), war nach seiner Lebensauffassung und Weltanschauung ein ungewöhnlich ernster Mann, im Einvernehmen mit Erkenntnis und Erfahrung voll Melancholie. Bei Dante heißt es: »Ihr habt das Alte und das Neue Testament und den Hirten der Kirche, der euch leitet: das sei euch genug zu eurem Heil!« Es könnte für Poccis religiöses Grundempfinden geschrieben sein. Poccis Vater, der 1781 als Edelknabe an den Hof des Kurfürsten Karl Theodor kam und in der Pagerie erzogen wurde, entstammte einer altadeligen Familie des Kirchenstaates. Franz Graf Pocci, der zeitlebens ein »gesamtes«, einiges Deutschland ersehnte (bei Wahrung der Eigenart und Selbständigkeit Bayerns) fühlte sich immer als Deutscher:

Welsches Blut in meinen Adern,
Hab' ich doch ein deutsches Herz,
Das mit deutscher Treue schaut
Rein und lauter himmelwärts.

Seine duldsame, nachsichtige Menschenfreundlichkeit läßt an das chinesische Sprichwort denken: »Dem Andern sein Anderssein vergeben, ist der Anfang der Weisheit.« Dieser Mann, dem der Schalk so sehr im Nacken saß, voll skurriler Einfälle, voll Schnaken und Schnurren, produktiv in Karikaturen bis in die letzten Lebenstage hinein, beschäftigte sich von Jugend an mit einer Gestalt und einem Problem in ganz besonderen Maße: mit dem »Gevatter Tod«, in dessen Erscheinung wir die eigentliche Wirklichkeit unseres Seins erfahren, das keinen Bestand, keine Bleibe hat: Leben, das der Flamme gleich in Asche sinkt. Je tiefer ihm das Unabwendbare menschlicher Hinfälligkeit und Vergänglichkeit bewusst blieb, um so zugespitzter wurde sein – nie ätzender, nie verletzender – Spott auf menschliches Anspruchsdenken, auf die Schwächen und Eitelkeiten seiner Umwelt. »Durch nichts bezeichnen die Menschen mehr ihren Charakter als durch das, was sie lächerlich finden«, schrieb Goethe in den »Maximen und Reflexionen«. In Krisen herrschte die Schwermut allein; zynisch-gallige und nihilistische Stimmungen waren Pocci fremd. Mit schweigender Melancholie sah er auf das spukhaft-traurige Bild des fliehenden Lebens. Die aristokratische Schwermut bediente sich in allen Letztfragen – aus Haltung – einer Sprache des Schweigens.

Unendlich viel bedeutete auch Pocci das Lied aus der Kindheit: »Jenes uralte Lied, das alle ergreift« (Eichendorff). Im August 1850 begann er seine (unveröffentlichten) »Erinnerungen« mit einem Bericht über seine Kinder- und Jugendzeit: »Meine Gedanken und Betrachtungen. Franz Pocci. Mitlaufend Abschriften mir besonders wertvoller Stellen aus verschiedenen Schriftstellern« (letzte Datierung 19. August 1812). Er schrieb darin über seine Geburt »nach Mitternacht«: »Ich bin am 7. März 1807 zu München geboren; mein Vater war damals im polnischen Kriege als bayrischer Generalstabsoffizier bei der Suite des Kronprinzen Ludwig von Bayern und teilweise zu schwierigen, gefährlichen Missionen verwendet. Seine Aufschreibungen dieser Zeit enthalten die Stelle: ›Warschau, den 24. März. Durch Hauptmann von Washington den Brief erhalten mit der freudigen Nachricht, daß die teure Ria mit einem gesunden Buben glücklich den 6. dieses Monats in der Nacht entbunden sei‹.« [1]

Poccis Vater, Generalleutnant Fabricius Evaristus Graf von Pocci (1766-1844), ein italienischer Conte, der sich als Infanterieleutnant hochgedient hatte (Napoleon verlieh ihm das Kreuz der Ehrenlegion), auch von musikalischer und zeichnerischer Begabung, zuletzt Obersthofmeister der Königin Therese, stammte aus Viterbo, der ehedem zum Kirchenstaat gehörenden »Stadt der Papstwahlen und Blumen«. Verehrende Erinnerung bedachte – mit Liebe – das immer Gegenwärtige im Bilde des Vaters: »Bei einer großen Heiterkeit des Humors, der ihm von Jugend auf eigen war, beseelte ihn echte Frömmigkeit und unendliche Geduld ... Sein Wohltätigkeitssinn und die Lust zu schenken, waren maßlos ... Nicht bloß Herzensgüte machte ihn allenthalben beliebt, sondern auch seine Begabung an zierenden Talenten. Er zeichnete selbst, spielte Gitarre und sang dazu allerliebste italienische Liedchen ... war gewandt in Allem, was er angriff.«

Moritz Kellerhoven (um 1806):
Franziska Xaveria und Fabricius Evaristus von Pocci

---

[1] Das Wappen der Grafen Pocci führt gleich dem der Colonna die weiße Säule mit den drei goldenen Ähren im blauen Schild. (s.S. 63)

Poccis Mutter, Gräfin Amalia Franziska Xaveria (Ria), geborene Freiin von Posch (aus Dresden, 1778-1849), eine Tochter des ehemaligen bayrischen Gesandten am preußischen und sächsischen Hof, verheiratet seit 1806, war hochgebildet und herzensgut, »von stattlichem, einnehmenden Wesen, ohne schön zu sein«, »ausgezeichnet durch ihre Meisterschaft in der Landschaftszeichnung, wobei sie eine besondere Gabe im Naturzeichnen und dem Auffinden malerischer Standpunkte betätigte ... Ihre Lust und ihr Talent waren so bedeutend, daß sie auf Spaziergängen und Ausflügen im Wagen stets ein Skizzenbuch mit sich führte.«

Georg Dillis und Ferdinand Kobell – der Großonkel des Dichters – hatten sie im Radieren und Zeichnen unterwiesen, später wandte sie sich in der Schule Quaglios und Wagenbauers (bei dem sie Unterricht im Ölmalen nahm) der Landschaftsmalerei zu. »Hunderte von Darstellungen geistreichster Auffassung füllten ihre Mappen, wozu ihr die Umgegend Münchens und zeitweiser Aufenthalt im Hochgebirge, besonders in den Salzburger Alpen, Stoff boten.«

Ihr zeichnerisches Werk – beurteilt nach der Auswahl der Bilder und Radierungen, die mir vorlagen – ist bestimmt durch eine (bemerkenswerte) Fähigkeit im Fein-Kompositorischen, durch ein – sichtliches – Streben nach ausgesprochen ästhetischer Betrachtung, Auswahl und Gestaltung: all dies kennzeichnet auch das künstlerische Werk des Sohnes und ist mütterliches Erbe. Poccis Erinnerungen an seine Kinderjahre, eine wunderbare Beträchtlichkeit, sind geprägt und durchwärmt von einer unermesslichen Fülle der Bilder: »Da mein Vater fast beständig im Kriege oder mit dem kronprinzlichen Hofe von München abwesend war, wurde meine Erziehung zunächst von meiner Mutter geleitet. Erst von dem Jahre 1826 an blieb ersterer als Oberhofmeister der Königin ständig bei seiner Familie, überließ aber hauptsächlich alles, was mich betraf, seiner Frau ... Wir lebten alle in einem, meinem Großvater gehörigen Hause auf dem

Promenadeplatz. Großvater war ein geistreicher, lebendiger und vielerfahrener Mann, aber ziemlich brummig und heftig. Mich bevorzugte er stets, ich konnte alles mit ihm anfangen. Mit den Stühlen in seinen Zimmern arrangierte ich als Knabe einen Postzug. ›Franzel, willst Du keinen Spagat zum Kutschieren?‹ war immer die Frage, als ich zu ihm kam.«

Der kleine Franz und ein Vetter (Max Käser) waren die einzigen Kinder im Haus; Poccis Schwesterchen Marie war schon im Alter von zwei Jahren gestorben. Am Sterbebett der Schwester hatte Pocci erstmals »Gevatter Tod« gesehen und begonnen, das endgültig Vernichtende seines Waltens zu verstehen, die Last des Scheidens in vergehender Zeit und ohne Wiederkehr. Die Schwerkraft der Erinnerung übertrug nachmals alle Melancholie aus dem Todeswissen – zeichnerisch und poetisch – in das gemäße Bild.

Aufschlussreich ist das Spiel des jungen Pocci, vorweisend ins Besondere: »Ich bezog ein kleines Kabinett, das Paradies meiner Kindheit. Unter dem Fenster stand mein Tischchen und Stühlchen, nach dem Fronleichnamsfeste stets von übriggebliebenen Birken, nach der Weihnachtszeit mit ein paar Tannen umgeben, eine kleine, allerliebste Krippe mit vielen papiernen Figürchen, höchst poetisch angeordnet, oben die Stadt Jerusalem mit dem Schloss Salzburg. Am Tischchen spielte ich und fing schon frühzeitig an, Bilderbogen zu malen. Man blickte auf das Dach des Nachbarhauses, darüber der blaue Himmel oder das Abendrot. Ich sah gern hinaus ... Als Kindsmagd hatte ich eine treffliche Person aus der Oberpfalz, die alte Liesl. An Kindersprüchen und Märchenerzählungen hatte sie reichen Vorrat. Auch Geistergeschichten aus ihrer Heimat gaben ihr Stoff, so daß es mir schon in frühester Jugend an poetischer Nahrung nicht fehlte.«

Sein erstes dramatisches Werk, die Komödie »Das Wiedersehen«, schrieb Pocci als Vierzehnjähriger, Spielkameraden, den jungen Grafen Arco, den Söhnen der letzten Kurfürstin von

Bayern, Maria Leopoldine von Österreich-Este, einer Enkelin Maria Theresias, gewidmet. Älter ist eine – nachmals im »Kunterbunt« veröffentlichte – Zeichnung: Pocci schuf sie im Alter von sechs Jahren. Ein kolorierter Totentanz, in vier Bildern sind vier Gestalten dargestellt: »der Tod, ein Hornbläser, Hanswurst und Teufel«. Hierin bereits ist das Grundthema angeschlagen, das sein ganzes späteres Schaffen in Wort und Bild bestimmt. »Überhaupt hatte ich vom Frühesten an eine Vorliebe, Totentänze und dergleichen zu entwerfen.«

Sehr früh hatte sich auch der Blick geschärft für menschliche Gebrechen und Unzulänglichkeiten, für hohle Würden und Autoritäten, satirisch gestimmt in abkühlender Vernünftigkeit, schon damals auch des Boshaft-Erheiternden und Aggressiv-Zugespitzten fähig. Wie Pocci selbst erzählt, karikierte er bereits als Schuljunge die an den Samstagabenden im Salon seiner Mutter und seines (später nach Regensburg übergesiedelten) Onkels Posch zahlreich verkehrenden Gäste.

Eine Persönlichkeit flößte ihm allerdings größte Hochachtung ein, im Zugleich von Leistung und Einsamkeit: »Unauslöschbar ist mir die Erinnerung an den herrlichen Historiker Westenrieder. Ich sehe ihn vor mir mit seinem durchdringenden Blicke und schwarzen, buschigen Augenbrauen, mit seinem glänzendweißen, zu beiden Seiten gerollten Haar. Er trug meistens einen langen Überrock, schwarze Gamaschen, dreigestülpten Hut und großes spanisches Rohr mit goldenem Knopfe. Häufig erzählte er mir aus der bayrischen Geschichte.«

Es blieb nicht beim Zuhören, mehr war verlangt und an richtungweisender Belehrung geboten: »He Männl! Wie stehts mit der Jahreszahl? Wann ist Kaiser Ludwig der Bayer gestorben? Hast Du das Zettelchen noch, worauf es steht? Ich mache es auch nicht anders. wenn ich mir eine Jahreszahl merken will, schreibe sie auf ein Zettelchen und stecke es in die Westentasche. Untertags ein paar mal angesehen und sie bleibt mir im Kopfe. Merk Dir's, Männl!«

Franz von Pocci, seiner zarten, feinen Haut wegen gern »das »Batistmännchen« genannt, war »bei schneller Auffassungsgabe«, von »flüchtigem, sanguinischem Temperament«, ohne »rechtes Sitzfleisch«, wie ihm wiederholt tadelnd gesagt wurde; er bekannte nachmals selbst: »Kurz, nach allen Seiten hin suchte sich meine Phantasie einen Kanal, allein nirgends fand sie eigentlich den Ruhepunkt ..., behielt auch das romantische Element immer die Oberhand.«

Er räumte ein: »Allein, das Allotriatreiben spielte bei mir keine kleine Rolle. Jedenfalls habe ich es der trefflichen und nachhaltigen Anweisung meiner Mutter zu danken, daß ich stets dem Müßiggang feind war, sie duldete nie, daß ich unbeschäftigt war. Neben meiner großen Lust zu zeichnen, fehlte es nie an Puppentheatern. bleiernen Soldaten und dergl. Auch der Taschenspielerei widmete ich mich, wobei ich sogar, wenn ich kleine Vorstellungen gab, einiges Talent zur Bauchrednerei entwickelte und zur großen Verwunderung der Anwesenden den Kaminkehrer aus dem Ofen herausreden ließ oder mit einem unterirdischen Gefangenen sprach.«

Der Äußerung seiner Tante über ihr »Batistmännchen« setzte Pocci tiefer Erschließendes hinzu: »Überhaupt war ich von ziemlich feiner Komplektion, und bei sonstiger trefflicher Erziehung hatte ich doch in späteren Jahren von den Qualitäten eines einstigen Muttersöhnchens viel abzustreifen, blieb aber auch lange ängstlicher, schüchterner Natur, wenn auch lebhaft und empfänglich. Mit bösen Buben zusammenzukommen, machte mir stets Angst, und ich flüchtete mich unter die Schürze meiner alten Liesl. Wenn auch mit der Mannbarkeit mein männlicher Mut wuchs, blieb doch ein gewisser Mangel an Selbstvertrauen an mir haften, ja ich leide noch in mancher Beziehung daran.«

In dem Knaben, der »allem irgendeine humoristische Seite abzugewinnen wußte und wirklich als ein kleiner, amüsanter Bursche beliebt war, während er wieder oft stundenlang beinahe träumerisch ohne ein Wörtchen von sich zu geben, in seinem Kämmerchen saß und sich still mit sich selbst beschäftigte«, regte sich schon sehr früh das – von allen Seiten mit Freude geförderte – zeichnerische Talent. Den ersten künstlerischen Unterricht erhielt Pocci, zwölfjährig, bei dem Erzgießer Johann Baptist Stiglmayer (1791-1844) und bei Joseph Schlotthauer, dem Historienmaler (1789-1869). Dieser führte ihn wöchentlich einmal »auf etliche Stunden« in das Kupferstichkabinett, um dem Jungen die Entwicklung der Kunst an großen Beispielen (vorzüglich altdeutscher Graphik) aufzuzeigen. Davon leiten sich künstlerische Einflüsse her, die lebenslang wirksam blieben: Holzschnitte aus Chroniken des 15. und 16. Jahrhunderts, Stiche und Schnitte Dürers, Schongauers und Holbeins weckten Poccis bildkünstlerische und dichterische Phantasie.

Mütterliches Erbe war auch die musikalische Veranlagung. Auf ihre Ausbildung wurde nicht weniger Wert gelegt. »Für Musik zeigte ich (allerdings) in den ersten Jahren des Unterrichts gar kein Talent«, erinnerte sich Pocci, der spätere Hofmusikintendant und Komponist zahlreicher Klavierstücke, denen Franz Liszt und Robert Schumann Beifall spendeten, von Liedern und Chören (mit eigenen Texten, Arabesken und Vignetten) meist für Kinder. »Auf einmal aber kam's zum Durchbruch, doch ziemlich spät. Erst im 14. bis 15. Jahre erwachte in mir ein eigentlich musikalischer Sinn, und dann fing ich auch bald zu komponieren an. Ich studierte Generalbaß und Kontrapunkt. Allein meine Lehrer hatten eine schlechte Methode des Unterrichts. Ich mußte alles empirisch mir aneignen ... Auch Gitarre lernte ich.«

Im Glück der Jugend, das er mit Sinnen und Seele umfasste, als Höhe des Lebens, komponierte der Neunzehnjährige zahlreiche – vielgesungene – Lieder, darunter auch das alte Volkslied »Flug der Liebe« (»Wenn ich ein Vöglein wär / Und auch zwei Flüglein hätt.«), »in Landshut für die Isaria im Jahre 1826 als Kneiplied in Musik gesetzt von Franz von Pocci«. Nach dem Besuch des Gymnasiums immatrikulierte sich Pocci

(1825) – dem Willen des Vaters entsprechend – als Student der Rechte in Landshut und führte sein Studium (als Angehöriger des Korps »Isaria«) – nach der Universitätsverlegung (1826) – in München zu Ende. Hyazinth Holland (1827-1918), Poccis erster Biograph, weiß zu berichten, »daß daselbst mit lustigen Genossen fleißig gesungen und musiziert, aber auch gezeichnet und wacker studiert wurde.«

Nach kurzer juristischer Praxis in Starnberg und Dachau kam Pocci als Akzessist bei der Regierung von Oberbayern nach München.

Salzburg, »der Zauber dieser reizenden Natur, die schönen, eigentümlichen Feste, die am kronprinzlichen Hofe gegeben wurden«, auf den Knaben »von wunderbarer Wirkung«, »der prächtige Mirabellgarten zauberisch erleuchtet, Musik oder Theater im Freien, zum Schluß Feuerwerk und dergl.«, hatten Pocci unauslöschliche Eindrücke vermittelt, ihn – zusammen mit München – auf das »Altdeutsche« vorbereitet, lange schon eingestimmt auf seine Sprach- und Symbolwelt – zu ständiger Nähe. »Als ich zu Weihnachten den ›Trostspiegel‹ zum Geschenk erhielt, war meine Tendenz gegründet. Bald wollte ich nichts mehr wissen als von alten Holzschnitten und Chroniken. Die Zeit des Rittertums nahm ihren Anfang, und der Bund mit Ludwig Schwanthaler wurde für immer geschlossen und gestaltete sich zum innigsten freundschaftlichen Verhältnisse, bis an das leider allzu frühe Ende des herrlichen wunderbaren Meisters.«

Pocci »lebte« mit dem fünf Jahre älteren Nachbarsohn »altdeutsche Romantik«, alte Humpen v. a. waren ihre »Heiligtümer«. Als Spätromantiker gaben sich beide dem unwägbaren poetischen Stimmungszauber hin, der alles »Mittelalterliche« beseelte, schöpferisch in eindringlicher, bildbeschwörender Kraft aus dem Grundgefühl Ehrfurcht. Schwanthaler wie Pocci liebten schwärmerisch das ritterliche Mittelalter, seine Märchen- und Legendenwelt, gotisches Bild- und Maßwerk, in Domen die Hochgräber aus Stein, schwere Gewölbe: mit verlorenem Geisterruf, die verschollene Kunde einsamer Ruinen, im Erleben deutscher Landschaft erfüllt von romantischer Naturandacht. Sie scharten Geschichtsfreunde um sich, zu geselligem Kreis in eigenem stilvollem Raum, den gotische Glasmalereien, Tafelbilder und Altertümer aller Art das einstimmend Besondere – für Umtrunk und Ritterspiel – gaben. Pocci beschäftigte sich in diesen Jahren begeistert mit den Werken der deutschen Klassiker, mit alten Bildern und Chroniken, er las Scott und Uhland, deren Bücher eine ganze mitverwandte Welt dichterisch ausdrückten. Die alte Literatur entsprach auch Schwanthalers Traum- und Willensrichtung. Er fügte nachmals seinem Hauptatelier im »Stile alter Ritterburgen«, wie Franz Trautmann in »Schwanthalers Reliquien« schrieb, zwei Räume in gotischem Stil mit Kreuzgratgewölben und Spitzbogenfenster an, die er mit Bildern alter Meister schmückte, mit Wappen, Rüstungen, Krügen und gotischen Skulpturen: durch ein schmales buntbemaltes Fenster in der Mauerlücke eigen beleuchtet. Eine ganz private Zufluchtsstätte, in der er allein oder mit Freunden romantischen Träumen nachhing, tief eingelebt in die ferne Zeit mit ihren Rittern, Einsiedlern, Burgen und Landsknechten. Pocci ging es nicht anders: »Die Phantasie hatte sich bereits meiner wie ein Dämon bemächtigt. Ich übersprudelte an malerischen und musikalischen Ideen, deren keine die andere zur vollen Entwicklung und Geltung kommen lassen wollte, sodaß sogar dadurch die Entfaltung des klaren Verstandesbewußtseins in den Hintergrund gedrängt ward und ich stets auf romantischem Flügelrosse durch die Lüfte schwebte.«

Nicht, wer aus dem Schutt der Zeiten
Wühlet mehr Erbärmlichkeiten,
Sondern wer den Plunder sichte
Und zum Bau die Steine schichte.
(Friedrich Rückert: Die Geschichte)

Den allein hielt Rückert für den »richtigen Mann«. Poccis Freund Schwanthaler entsprach ganz dieser Vorstellung.

Fernau-Daxenberger schrieb über den Künstler, der weit mehr in dieser ritterlichen Traumwelt, einer Märchen- und Fluchtwelt lebte als im »allbeherrschenden Klassizismus der Empirezeit« (K. Trautmann), in »Münchener Hundert und Eins«: »In ihm wohnt treu und fest ein großes Wissen deutscher und bayrischer Geschichte. In seiner Humpenburg, die er auch eine Kapelle der Romantik nennen könnte, mag der von vielen Tagsgeschäften ermüdete Meister oft seinen Geist sammeln und den perlenden Becher der Vergangenheit schlürfen.«

Im August 1819 gründete Schwanthaler, 17jährig, die »Humpenau« (auch »Humpenauer Xellenschaft« genannt), als ersten Tummelplatz altdeutschen ritterlichen Lebens (siehe Bild S.20).

Parallel dazu (um 1822) die »Xellenschaft derer vumb Bären«. Zum sichtbaren Zeichen ihrer Trauer und Wehmut über vergangenes Rittertum stand in der Mitte des Versammlungsraumes ein – mit weißem Totenkranz geschmückter – Sarg: er gab im vollen Empfinden der Gegensatzwelt einer – romantischen – Tiefenstimmung Ausdruck, die Vergangenem zustrebt, elegisch und verwandlungsfroh. Aus gereifter Liebe zu deutscher Kunst, geschürt von Erkenntnis- und Bekenntnisleidenschaft, wurde in diesem Kreis 1824 eine »Grächia« verbrannt, als eine ihrem Streben und Empfinden herausfordernd widersprechende Symbolfigur, mit Pocci gesprochen: »um unseren Haß gegen das Heidentum zu manifestieren.«

»In schöner Lenzeszeit« »bankettierte und turnierte« die Gesellschaft in einem von Poccis Vater gemieteten Garten an der Nymphenburger Straße oder sie tagte in Schwanthalers Atelier, wo Ritterspiele, Trinkgelage und Theateraufführungen stattfanden mit Szenen aus dem Ritterleben, gestaltet von Mitgliedern in allen Waffen und Rüstungen. Den Text hierzu schrieb Schwanthaler wiederholt selbst. Eine Zeichnung (in der Schwanthaler-Sammlung des Münchner Stadtmuseums) vergegenwärtigt den Auszug der »Humpenauer«, die Schwanthaler als – barhäuptiger – Wimpelträger anführt. »Wie ein geistiger Strom glitten die Bilder auf das Papier hin«, rühmte Pocci im »Lebensbild« des Freundes, das er in den »Jugendblättern« der Isabella Braun (1863, 104 ff.) veröffentlichte.

Die Gesellschaft »Zum Einhorn«, dann neugebildet zur »Gesellschaft derer vom Bären«, bis darauf eine reformierte »Humpenburg« erstand, verlangte auch nach entsprechender Musik. So improvisierte Pocci, Komponist ihrer Rundgesänge, an den geselligen Abenden »Rittermusik« auf dem Klavier. Streifzüge (teils in Helm und Harnisch) führten durch die Wälder um

Pullach, die ihre Phantasie mit Burgen belebte, mit Gestalten aus Märchen und Sage. Besondere Anziehungskraft übten Pipping und Blutenburg mit »unvergleichlichen gotischen Kirchen«, wie Schwanthale 1825 einem Freunde verzückt schrieb. Immer wieder durchstreiften sie mit Freunden – Meister Schlotthauer, die 22saitige Laute zur Hand; mit den angehenden Malern Hiltensperger, Nothafft und »Kunivogel«, Xaver Schwanthaler, als »Blume der Ritterschaft« – den Park von Bernried und das herrliche Isartal. »Es zog beim frühen Morgenstrahl« beginnt eines der aus dem Stegreif gedichteten und komponierten Lieder Franz von Poccis.

Die (vornehmlich von Pocci und Schwanthaler verfasste) »Chronik der Humpenau« ist ein anschauliches Dokument ihrer Freundschaft, einer engsten Verbundenheit, alten Zeiten verschworen, der Wiederbelebung der Gotik im besonderen; gemeinsam wurde gezeichnet und fabuliert, gedichtet, pochiert und musiziert, war doch auch Schwanthaler, gen. »der Storchenauer«, ein guter Sänger und Gitarrespieler. Für diesen »Ritterbund« schuf er nachmals die Humpen selbst. Einer davon war auf dem Grund bemalt, und es gehörte zur »Ordnung« des Vereins, »den Mond heraufzutrinken«. Der gesellige Freund erwies sich v. a. Pocci, »Dipoldus« mit dem Vereinsnamen, im Zeichnen als guter Lehrer; beide wollten möglichst großformatige Bilder mit gigantischen Kampfszenen und prunkvollen, figurenreichen Aufzügen aus der Burgen-, Mönchs-, und Ritterzeit; sie schmückten damit die Wände der »Humpenburg«. Mit besonderem Stolz erwähnt Pocci in seinen Erinnerungen die zwanzig Ellen lange Zeichnung eines »Turnierzuges«, den genau hundert Trompeter anführen, gefolgt von zahllosen Rittern »im prächtigen Wechsel der Rosse«.

Eine andere Zeichnung hält den Einzug des Freundeskreises in die neue »Humpenburg« (1828) fest; Franz Trautmann beschrieb das Ereignis (in »Schwanthalers Reliquien«): »Voraus reitet ein (früher nicht genannter) Vetter Schwanthalers, namens

Anton, als Mönch. Ihm folgt der treffliche Künstler, der frohbiedere Schlotthauer als Minnesänger Beck Fridricus, der Philologe und Poeta, schließt sich ihm als Posaunenbläser an. Nun rückt Vetter Xaver mit dem ehrenwerten Haftl, Freiherrn, als riesiger Kämpe herbei, gefolgt vom Kropf vom Windbruch, der ein kolossales Champagnerglas trägt. Wieder zeigt sich ein Held, der Hotz von Kostnitz; als junger Ritter einen graziösen Pokal in der Hand, folgt Diepolt, Maler Hiltensperger, Lang von Ulm, Eduard von Ried und Hofstetter nahen als Turnierer. Links im Vordergrund erblickt man des Storchenauers Schwester Rosalia, als anmutiges Burgfräulein – und so tritt mehr vor Augen. In der Mitte des Ganzen aber sitzt (reitet) als Burgherr Ludwig der Storchenauer – und weil die Schadenfreude unbezweifelt einer der mächtigsten und gefährlichsten Teufel ist, zeigt sie sich als ein solcher hoch oben auf der Burg und weist eine siegreiche Gebärde auf, als sollte es heißen: Ich ziehe Euch nach und bin auch dabei in der anderen Humpenburg – es soll noch Zwist geben. Aber Meister Ludwig, der wohl weiß, daß der wahre Quell der Freude in Eintracht mehrerer und in jedes einzelnen Menschen eigener Brust ist, weiß auch, daß die Dämonen und Teufel schließlich doch nichts über den vermögen, der sich selbst in der Gewalt hat. Deshalb streckt er dem Teufel in lustigem Hohn zwei Finger entgegen, zum offenen Beweis, daß er sich nicht fürchte und daß Freude und Herzlichkeit nach wie vor walten sollten.«

1823 begann Poccis Freundschaft mit Friedrich Hoffstadt (1802-1846), zuletzt Appellations-Gerichtsrat zu Aschaffenburg, der »Gothicus« genannt.[2] Mählich erweiterte sich der Kreis der sog. »Altteutschiers«. So entstand nachmals die »Gesellschaft für deutsche Altertumskunde von den drei Schilden« (dem angeblichen Wappen Dürers), die am St. Georgentag des Jahres 1831 erstmals zusammentraf. Die Gründer dieses Bundes zur wissenschaftlichen Erforschung der deutschen Vorzeit, zur künstleri-

[2] Hoffstadt war Jurist, zunächst in Frankfurt a. M., dann am Stadtgericht in München, seit 1844 – als Appellationsgerichtsrat – in Aschaffenburg

schen Erneuerung des Mittelalters in Wort und Bild, Dr. Friedrich Freiherr von Bernhard (1801-1871), zuletzt Universitätsprofessor und kgl. Hofrat, und Friedrich von Hoffstadt, boten der Gesellschaft ein eigenes Haus (in der Lerchenstraße) für die Bibliothek und die Kunstsammlungen, zur Aufnahme von Urkunden, Quellenschriften, Büchern, Kunstgegenständen, Kostümen, Geräten aller Art, original oder in originalgetreuen Abgüssen, Kopien und Nachbildungen »zu Nutz und Vorbild« aller. Mit einem Werkfleiß ohnegleichen begann die ritterliche Tafelrunde zu malen, zu zeichnen und zu meißeln, erfüllt von dem Gedanken, eine neue deutsche Bauhütte zu gründen, mit deren Hilfe die Wiedergeburt der »Gothik« zu versuchen, die Stiftung eines Bleibenden. Man machte förmlich Jagd auf alte Sigille und Codices, auf alte Stiche, Gemälde und Holzskulpturen: kundige Nachlasshüter; noch im Kleinsten war ihnen ein herrlicher Weitblick gewährt. Hoffstadt, der geistreiche, in Stein radierte Gedenkblätter als periodische Neujahrsgabe verschenkte, veröffentlichte 1840 ein gotisches ABC-Buch, die »Grundregeln des gotischen Stils für Künstler und Werkleute«. Friedrich Beck (1806-1888), Verfasser der reizvoll archaisierenden »Geschichte eines deutschen Steinmetzen« (1833) rein aus dem genuin romantischen Geist von Novalis und Wackenroder, produktiv auch in Liedern und Romanzen, arbeitete an einer neuen Ästhetik und Kunsttheorie. Freiherr von Bernhard mühte sich in einer Reihe von Abhandlungen um die Restauration der deutschen Rechtswissenschaft. Pocci, Gründungsmitglied der Gesellschaft, und Schwanthaler arbeiteten an großen Prachtblättern. In dieser Zeit entstanden Poccis »Blumenlieder«, die Singweisen zu Maßmanns Sammlung (1832, erschienen im Verlage des katholischen Bücher-Vereins »auf Empfehlung des alten Görres«); die »Minnelieder« und »Bildertöne«, ferner die Friedrich Hoffstadt gewidmeten »Trifolien« (1838), sämtlich mit Bildern und Arabesken geschmückte Klavierstücke, im Sinne seines Ideals einer Verbindung der Künste: »Eigene Dichtungen in Musik zu setzen und mit Randbildern zu umgeben«.

Ein »geistreicher Liebhaber, einzig in seiner Art« (Joseph Nadler), v. a. in Wortbildgeschichten, in der Einheit von Holzschnitt und Singweise, begann Pocci damals auch mit dem (zeitlebens beibehaltenen) Brauch, alljährlich zu Weihnachten ein der hohen Zeit gewidmetes Bild zu schaffen, von Versen begleitet, mitunter auch von einer Melodie, vervielfältigt durch Steindruck, Radierung und Holzschnitt (später zumeist durch Photographie), den Freunden als besondere Festgabe übersandt. Das regte Pocci auch zu großen Krippenbildern an, empfunden im naiven Stile Hans Memlings oder des Benozzo Gozzoli. Eines dieser Blätter bot die Anregung zu dem – gemeinsam mit Guido Görres herausgegebenen – »Festkalender«, der, scherzhaft auch »Königsmehl« genannt, in München von 1834 bis 1839 in fünfzehn Heften oder drei Bänden erschien, romantisch durch seine »katholische Innigkeit«, durch die Herausstellung großer Taten und Ereignisse aus deutscher Vorzeit. Als erste bebilderte Jugendzeitschrift weitestverbreitet, begann der »Festkalender« ein neues Kapitel der (bislang so sehr vernachlässigten) Jugendliteratur. Pocci schuf hiefür zahlreiche Bilder, Weisen, Lieder und Klavierstücke, auch einige Balladen; der Großteil der Gedichte stammt allerdings von Guido Görres (1805-1852). Auch Friedrich Rückert steuerte mehreres bei (in Heft 11: »Der liebe Schüler«; in Heft 12: »Obstbäume«; in Heft 13: »Die beiden Löwen« und in Heft 14: »Morgenlied«). Unter den Mitarbeitern finden sich beste Namen: Wilhelm von Kaulbach, Peter von Cornelius, Eduard von Steinle, Ludwig Schwanthaler, Friedrich Hoffstadt, Konrad Eberhard (1768-1859), Feodor Dietz (1813-1870), Alexander Strähuber (1814-1882), Thomas Guggenberger (1815-1882), Ulrich Halbreiter (1812-1877), Karl Ballenberger (1801-1860), Kaspar Braun (1807-1877), Gründer der Firma »Braun und Schneider« (1839), der »Fliegenden Blätter« und der »Münchner Bilderbogen«, Louise Wolf (1796-1859), Tochter des Historikers und Hofrats P. Philipp Wolf, Besitzerin der – über viele Jahre hin von Friedrich Beck redigierten – Bayerischen (später Neuen Münchner) Zeitung, als Malerin den Nazarenern verpflichtet, Ludwig Emil Grimm (1790-1863) u.a.

Die harmonische Verbindung von Bild, Wort und Musik (durch Liederbeigaben) entsprach dem Geschmack der Zeit; Jung und Alt stimmte begeistert zu. Unzählige Kinder »wurden nicht müde« – nach Hyazinth Hollands Erinnerungen – »die lustigen Reime auswendig zu lernen, die Bilder zu betrachten und nebenbei auch mit einem möglichst beschränkten Farbenaufwand grässlich schön zu kolorieren ... Meine Schätze gingen leihweise nach allen Seiten. Und als nun gar noch Poccis ›Märlein vom Schneewittchen‹ erschien mit der Schlussvignette jener im Golddruck glühenden Pantoffeln, in denen die böse Stiefmutter sich zu Tode tanzen mußte, da war des Jubels lange kein Ende, obwohl wir schon mensa zu deklinieren verstanden.«

Von unvergesslichen Eindrücken sind auch Heyses Jugenderinnerungen erfüllt: »Als Knabe hatte ich den Kalender mit Entzücken studiert, die schnurrigen oder romantischen Balladen auswendig gelernt, die hübschen Bilder eifrigst nachgezeichnet.«

Was Pocci als Zeichner und Fabulierer begegnete, machte er zum Gegenstand nachdenklicher Betrachtung, milder Lehre. Wunderbar hebt sich die Ereignisschönheit von Märchen und Sage aus dem Wirkungskreis. Das Herz geht ihm auf »in der Träume Zauberring«, unerschöpflich angeregt, hellhörig und alles erfühlend, zu höhendem Wesen auf ewiger Wanderung. Er zeichnet die Welt der Gnomen, Zwerge und Ritter, den Gestaltenzug: Falkner, Jäger, Minnesinger, Edelfräulein, alles, was romantische Phantasie und romantischen Künstlertraum beflügelt. Aus dem Wissen um das Vergangene, Abgeschiedene zieht im Unterstrom Kühle, ein Todvertrautes, Schwermut, die ermisst, allbezüglich, was an irdisch Schönem, Edlem unaufhörlich versinkt. Unwillkürlich erinnert man sich der Schlussteile in Gottfried Kellers elegischer Ballade: »Fern, wild und weh der Falken Stimmen klangen.«

Der Romantiker von Geblüt vernahm allenthalben zauberische Lieder von der »alten schönen Zeit«, lockende Klänge aus geheimnisreichen Fernen und Tiefen. Auch Pocci besaß sein Atlantis und Orplid, sein Arkadien, in das der Träumer immer wieder auswanderte, zu seliger Verschollenheit. Mehr und mehr traumsüchtig in einer immer kälter werdenden Welt ohne wirkliche Besserungskraft, denn, mit Eichendorff gesprochen, »der Schlaf probiert heimlich den Tod und der Traum die Ewigkeit.«

So gelangen Pocci immer wieder auch stimmungsvolle Bilder zu Märchensammlungen seiner Freunde, zu Volksmärchen und Sagen, und auch hier ist manches Bild wie Traumerinnern, »ur«romantisch im Lauschen auf verzaubert gebundene Stimmen »im Grund«. Ein unentwegter Erfinder von köstlichen Initialen und Vignetten, schöpfte Pocci – lebenslang – aus dem Quell der Romantik, ihrem Fernenglück, aus dem abendlich verklärten »Goldwolkengebiet der Erinnerung, der Träumerei, der Poesie«, wie Jakob Burckhardt einmal schrieb, den Mythos seiner Jugend vor Augen. Jenseits aller Länder ist – vielleicht – das Land.

Poccis ästhetisches Ziel, »eigne Dichtungen in Musik zu setzen und mit Randbildern zu umgeben«, entsprechen Sammlungen, wie »Alte und neue Soldatenlieder« (1842), »Alte und neue Jägerlieder« (1843, in Verbindung mit Franz von Kobell), »Alte und neue Studentenlieder« (1844) und die Liedersammlung »Der Landsknecht« (1861). Seine musikalische Begabung fand hierin zugleich die ihr gemäße Form: volkstümliche zwei- und dreiteilige Lieder mit 16 bis 24 Takten. Pocci, der großenteils Lieder schuf: nach Gedichten von Dr. Koch (13), Friedrich Beck (11), Goethe (10), Geibel (8), auch nach mehreren Gedichten König Ludwigs I., u.a. »Liebessehnen« (»Mein erster Gedanke«), »Auf Dich« (»Sag, was ist mit Dir geschehen«) und »Abschied im Herbst« (»Die Schwalben ziehen«); ferner Stücke für die Zither, auch eine »Sonate phantastique«, schrieb die (einaktige) Oper »Der Alchymist«, am 23. Dezember 1840 an der Münchner Hofoper uraufgeführt; sie ist identisch mit der von

Pocci komponierten zweiaktigen Operette »L'amore alchimista« (»Die Liebe als Alchymist«), zu der Hofarzt Ludwig Koch (1806-1888), Reisebegleiter des Kronprinzen Maximilian nach Italien und in den Orient, den italienischen Text schuf: sie wurde im Mai 1840 unter Mitwirkung des Dichters wie des Komponisten im Hausc Klenzes vor erlesenen Musikfreunden und in Gegenwart der Majestäten – mit Beifall – inszeniert.

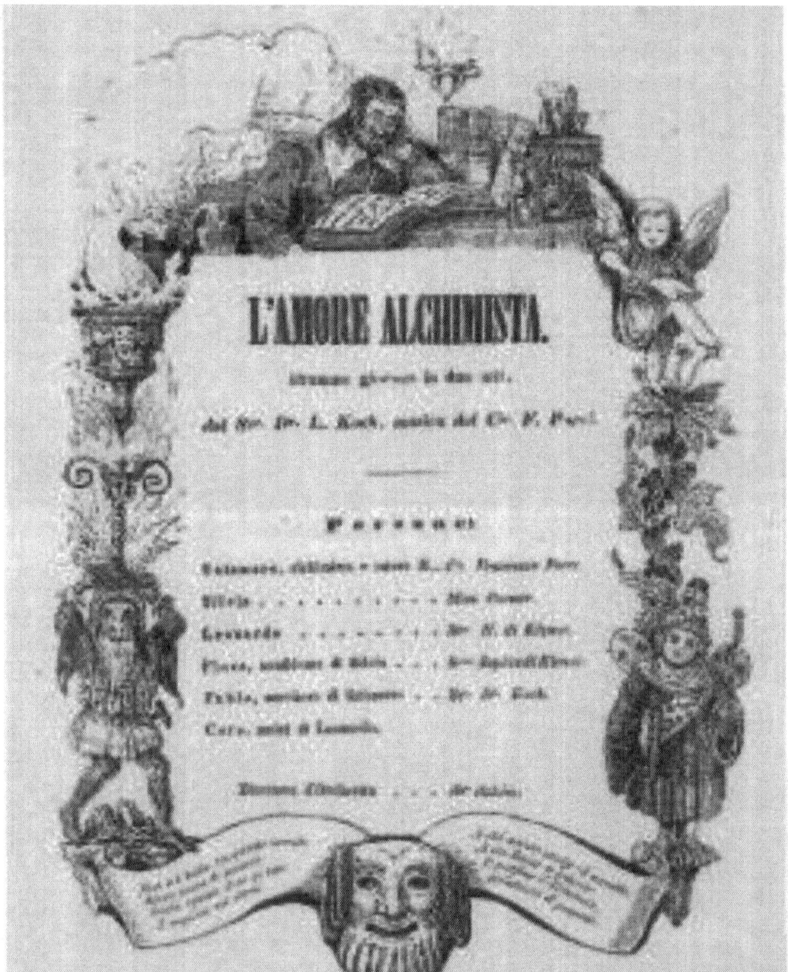

Franz von Pocci, der seinen ersten Musikunterricht durch die Hofmusiker Franz Seraph Cramer (1783-1835) und Johann Baptist Moralt (1777-1825) erhielt, sich autodidaktisch weiterbildete, ein produktiver Komponist und gewandter Klavierspieler wurde: im künstlerischen Freundeskreis ebenso anerkannt wie in der Öffentlichkeit, erfolgreich auch als Musikschriftsteller (u.a. als Korrespondent der »Münchner Allgemeinen Zeitung« von 1853-1859), ging in seinem musikalischen Stil von Weber, Schubert und Mendelssohn-Bartholdy aus, den er 1831 in München persönlich näher kennenlernte. Sein Schlüsselblumenlied fand die besondere Anerkennung Mendelssohns, mit dem Pocci auch in Briefwechsel trat. Weber, Schubert und Mendelssohn blieben als Komponisten Poccis Vorbilder.

Unter allen großen Musikern liebte er Mozart und Beethoven am meisten: im Erklingen seiner Symphonien gab Pocci Beethoven recht, »daß Musik der einzige unverkörperte Eingang ist in eine höhere Welt des Wissens.«

Richard Wagners Musik dagegen war ihm zu »unmusikalisch«, weil zu laut. Wagners »Zukunftsmusik« gegenüber verteidigte Pocci »Beethovens unsterbliche Vergangenheitsmusik«, obgleich er, so im Brief vom 27. November 1865, immer wieder »die tiefe Poesie und Erfindung« bewunderte, »sowie die hohe geistige Kultur, die Wagners Schöpfungen auf eine hohe Stufe stellt.« Der Spätromantiker, aristokratisch, auch im besonderen Maß an Melancholie, von sensibler Empfindung, Liebhaber stiller Verse, fern jeder Ekstase, jedem Wuchtklang verschlossen, jeder (pathetischen) Überfülle abhold, verlangte nach der Faszination des träumerisch Leisen tiefenhellsichtiger Melodie, fast süchtig des Anheimfallens an Träume »tiefer als der Tag gedacht«.

Es entsprach Poccis Liebe zur Musik wie der tiefen – letztlich unheilbaren – Melancholie seines Wesens, am Klavier zu phantasieren: einsam, über Stunden hin; vor Freunden, in kleinem Kreis. im Spiel vergaß er die unruhige und zerstreuende Welt, wie aufgenommen in die Krypta »heiliger« Erinnerungen, den großen Lichthorizonten romantischer Sehnsucht zugewandt, nah trauernder Träumerei in der Neigung zur Abendstimmung, zur »phantastischen Nacht«. Wehmut und wehmütig waren nicht von ungefähr Leit- und Stimmungsworte der deutschen Romantik. Rauschten die alten Klänge auf, schwermütig im Wissen und Gefühl der Vergänglichkeit aller Dinge, wurde das Herz rätselhaft still, und schweigend vernahm es im Spiel das wunderbar deutende Lied. »Er liebte am Klavier im freiesten Fluge der Phantasie sich zu wiegen«, schrieb Hyazinth Holland: »noch in den letzten Tagen nahm er gern zu seinem Äolodikon die Zuflucht, um seine Stimmungen auszuströmen und in Harmonie zu bringen. Die Originalität seiner Ideen überraschte jeden Zuhörer. Das klang oft so minnesingerlich, im vollen Zauberhauch verschollener Romantik (ein Freund nannte diese Tonweisen einmal ›spitzbogige Musik‹), dann wogten die Töne mild und elegisch, oft voll verzehrender Melancholie oder im echtesten Tempo des Holbeinschen Totentanzes, um schrill aufschreiend und klagend, wie um ein verlorenes Paradies, im nächsten Augenblick in den zartesten Akkorden den Schmerz wieder zu lösen und zu versöhnen.«

Es bedeutete eine Lebenswende, als Ludwig I. Graf Pocci zu seinem Zweiten Zeremonienmeister berief. Pocci fand sich mühelos, wie es scheint, in die Doppelexistenz: freier Künstler zu sein, und Hofbeamter zugleich als Zeremonienmeister. Die hohe Stellung mutet an wie eine wunderbare Schicksalsgunst, die nur das Märchen gewährt. Am bayrischen Hof galt damals das sehr strenge spanisch-französische Hofzeremoniell. Der Zeremonienmeister erschien im goldgestickten blauen Frack, über der Brust das breite Ordensband. Zur Kleidung gehörte auch der Schiffhut; die weißbehandschuhte Rechte hielt den Marschallstab. Der Eintritt des Königspaares in den Saal, vom Zeremonienmeister feierlich angekündigt, glich einem Schauspiel: in der Entfaltung höfischen Prunks nach geheiligter Tradition, geprägt von der Weihe des Befugten. Im Lichtüberfluss erglänzte die dezente Überfülle von Samt und Seide, leuchteten Diamanten und Edelsteine auf. Die Tafel auf der Estrade war mit kostbarem Gold- und Silbergerät geschmückt. Bevor sich die Gäste – nach genau festgesetzten Regeln, einer Kette organischer Differenzierungen – an ihr niederließen, wurden dem Herrscherpaar vergoldete Handwaschbecken gereicht. Insgesamt Ausdruck einer Epoche, die sich mit den Mitteln und Ansprüchen der aristokratischen Kultur umgab, einer ästhetischen Einwelt. Die Zeremonien bedingten eine genaue Ordnung und Übersicht, ein ebenso unauffälliges wie allgegenwärtiges Walten, das ganz allein Aufgabe des Zeremonienmeisters war, dessen Dienstvorschrift im einzelnen bestimmte:

»Auf das erste Zeichen versammelt sich der zur öffentlichen Tafel beorderte Dienst im Kabinette und begibt sich in den Hofkeller, um den Mundtrunk zu holen. Auf das zweite Zeichen beginnt der Zug des nachstehenden Dienstes in die Hofküche, unter Voraustretung eines Ritter-Portiers und zweier Hartschiere: Der Kammerfouriersgehilfe, der Saalmeister mit dem kleinen Stabe, der Kammerfourier, zwölf Kammerherren, der Hofmarschall mit dem Obersthofmarschall-Stabe. Die Pagen schließen den Zug, der sich in die Hofküche begibt, wo auf einer Tafel die Speisen in Bereitschaft stehen. Der Hofküchenmeister präsentiert dem Hofmarschall auf einer silbernen Kredenz einen goldenen Löffel, womit dieser die Suppe kostet. Die Kammerherrn, in einer Reihe aufgestellt, mit weißen Handschuhen, den Uniformshut auf dem Kopfe, empfangen aus den Händen eines Ritter-Portiers die Speisenträger, und aus den Händen des Mundkochs die Speisen, womit sie in der angewiesenen Ordnung in den Speisesaal zurückkehren. Sowie der Hofmarschall aus der Küche tritt, werden von den im Hofe aufgestellten Trompetern und Paukern Tusch, und bis Ihre kgl. Majestäten sich zur Tafel setzen, Aufzüge geblasen. Bei dem Antritte der Tafelstufen überreichen zwei Pagen zum Händewaschen der kgl. Majestäten den Oberhofmeistern Allerhöchst derselben die vergoldeten Tassen und Becken, die Dienstkämmerer überreichen Ihren kgl. Majestäten auf Kredenzen die Handtücher zum Abtrocknen. Hierauf nehmen die Allerhöchsten und Höchsten Herrschaften ihre Plätze an der Tafel ein.«

Dennoch ist in allem ein Zwiespalt unübersehbar. Als Pocci im Winter 1827 seine Studien beendet hatte, teilte er Friedrich Beck – sichtlich unfroh – mit, dass er sich nun »in die großen Zirkel stürzen müsse, um ein junger Mann von Welt zu werden«. Er suchte die Fülle des Erlebens nicht am Hofe, in keinem Amt, einzig und allein – mit Sinnen und Seele – in künstlerischer Arbeit, fern dem Gedränge, einer Welt des »Puppenspiels«. Als er für einen Maskenball im Januar 1828 die Trachten zeichnen muss und – zu seinem nicht geringen Verdruss – der Hof-Gesellschaft auch noch als »Ehrenheld« voranschreiten soll, äußert sich der knapp Vierundzwanzigjährige in einem Brief vom 16. Januar 1828 an Beck erregt aggressiv: »O Welt! Du hast Recht! ich werde mich in den Zirkeln nie verlieren, und ich gehe doch mit einer gewissen Freude hin, nämlich mit der, als ein stiller menschenfeindlicher Beobachter all das dumme Zeug wie ein Puppenspiel an mir vorübergehen zu lassen und bisweilen als stumme Person, bisweilen in subalterner Stelle ein paar Worte fallen zu lassen, und, ein feiner Hanswurst, den Leuten, denen ich lieber ins Gesicht speien möchte, zarte Höflichkeiten zu sagen, so daß ich mir oft vorkomme wie ein Mensch, der hinter einer freundlichlächelnden Wachsmaske den Leuten die Zunge herausstreckt. Genug von dem faden Zeug! ist doch mein Trost das innere Schauen, Treiben im Herzen mir, wenn ich die Augen schließe. Da seh' ich manche Hoffnung mir erblühn, die frohe Sehnsucht mich erzeugen heißet. Laß Himmel mir die eine Hoffnung bleiben, laß sie zur schönen Wahrheit sich gestalten, dann trotz' ich gern der Welt und der Gefahren, entsage gern, was andre Freude nennen. Doch wenn auch diese Sehnsucht mir entschwindet, die ich geheim in meinem Herzen nähre, die ich im Wahn als Wirklichkeit mir hoffe, dann sterb ich gern auch mit dem Ideale, da Wirklichkeit auf ewig mir verloren.«

Ein Teil der Ironie, des Spotts, deren Pocci fähig war, ergab sich nachmals wohl doch aus den Spannungen seiner Doppelexistenz: hier der Pflichtenkreis des Zeremonienmeisters, dort der Freiheitsbereich des Künstlers, letztlich unvereinbar mit jenem und dennoch – unauflöslich – gegeben; »Glied der Staatsdienerkette« – mit eigener, besonderer Rolle – in einem fest umschließenden Ganzen. Menschenbeobachtung nährte seine Abneigung: das Schranzenwesen, die Gier nach Geltung und Einfluss, der falsche Anspruch auf Rang und Autorität. Mehr als ein Zeitgenosse hat erlebt, wie der königliche Zeremonienmeister – am hellichten Tage – in der Ludwigstraße einen harmlosen Spaziergänger in die schlimmste Verlegenheit brachte: trat er doch vor ihm – ehrfurchtvollst – zur Seite und entbot ihm jenen »in Demut ersterbenden Gruß«, der ansonsten nur Mitgliedern des königlichen Hauses zukam.

Wie unvertraut war ihm letztlich diese Welt, wie fremd! Welcher Widerstreit in Poccis Seele tut sich in diesem Vorgang auf! Es geschah noch anderes: So wurde einmal in Landshut ein Hofbesuch angesagt. Graf Pocci, Oberzeremonienmeister König Maximilians II., griff sich einen Pudel, packte ihn in eine Kutsche und entsandte diese nach Landshut. Das respektüberforderte Empfangskomitee ließ sich, wie erwartet, täuschen: die Böller krachten, der Bürgermeister hastete dienernd mit einem Blumenstrauß auf die Karosse zu, aus der ein Pudel sprang, nicht weniger erschrocken als das Stadtoberhaupt.

Anlässlich der Einführung von Bedürfnisanstalten zeichnete Pocci den Bürgermeister Kaspar von Steinsdorf (siehe Bild als König Kaspar) als Initiale und schrieb dazu den Vers:

In dieses Häuslein tretet ein
Und pisset jetzt nicht mehr im Frei'n,
Verbietet's ja Moralität,
Daß man so an den Häusern steht,
Wie's leider ist bisher gescheh'n,
Ward man von Groß und Klein geseh'n.
Hier könnt ihr polizeilich lassen
Das Wasser nieder auf die Gassen,
Dafür hat gesorgt der Magistrat,
Der Sittlichkeit stets im Auge hat.

Obgleich ihn seine vornehm-schlichte Natur volksnah und populär machte, war Pocci dennoch Aristokrat, der sich in seiner Stellung als Zeremonienmeister niemals lächerlich vorkam, wie man glaubte, annehmen zu müssen. Nichts in seinem Dienst brachte ihn um die Haltung und Selbstachtung.

Über den Adel dachte der Spätromantiker Pocci nicht anders als Eichendorff, der zum Wesen des Adels schrieb: »Denn der Adel (um ihn bei dem einmal traditionell gewordenen Namen zu nennen) ist seiner unvergänglichen Natur nach das ideale Element der Gesellschaft; er hat die Aufgabe, alles Große, Edle und Schöne, wie und wo es auch im Volke auftauchen mag, ritterlich zu wahren, das ewig wandelbare Neue mit dem ewig Bestehenden zu vermitteln und somit erst wirklich lebensfähig zu machen. Mit romantischen Illusionen und dem bloßen eigensinnigen Festhalten des Längstverjährten ist also hierbei gar nichts getan.«

Nicht von ungefähr wurde Pocci von seinem Freund und Biographen Hyazinth Holland »drîer künege getriuwer kameraere« genannt. Hat er doch drei Königen gedient: Ludwig I., Maximilian II. und Ludwig II.

Kronprinz Maximilian war – zusammen mit den jungen Grafen Arco aus der zweiten Ehe der Witwe des Kurfürsten Karl Theodor, besonders mit Max Arco, dem späteren Adlergrafen –

Poccis Spielgefährte. Als 24jähriger sprachenkundiger Reisemarschall begleitete er den 20jährigen Kronprinzen 1831 auf einer unvergesslich schönen Italienreise; ein Jahr darauf nahm ihn Ludwig I. mit in den Süden. Wo immer sie weilten, griff Pocci nach dem Zeichenstift und hielt das Geschaute in Skizzen fest. Maximilian II. lud Pocci nachmals gerne zu den »Symposien«; das vielseitige Wissen und die schlichte Anständigkeit, die er besaß, sicherten ihm des Königs Ansehen und Gunst.

Ludwig I. belehnte Pocci 1844 – in Anerkennung der besonderen Verdienste – mit dem (1683 erbauten) Schloss Ammerland, zu dem 30 Tagwerk Grund gehörten. Dorthin zog sich Pocci zurück, wenn ihn der Hofdienst mit seinen Pflichten – und gewiss auch mit Widerwärtigkeiten aller Art – entließ. Viele Bilder von Poccis Hand zeigen das malerische Schloss mit den beiden Zwiebeltürmen, den verwunschenen Rosengarten, die behaglichen Innenräume, den unvergesslichen Blick aus dem Fenster auf die Weite und Stille des Sees, auf das jenseitige Ufer mit dem verblauenden Fernhintergrund der Berge. Schon der junge, besonders aber der alte Pocci liebte es, in diesem Refugium zu träumen, beim »Windhorchen« am Seeufer, beim »Windfeiern«, wie er auch sagte, das Leben zu überdenken, den Gang der Dinge. Hier gewann er die Ruhe und Sammlung zurück, rasch gestärkt für neue Aufgaben in leitendem Dienst, wieder einbezogen in die Energie des tätigen Lebens; neu angeregt auch zu Dichtungen und Kompositionen, zu Bildgeschichten und Liedern.

Pocci, der »Windhorcher«, bedurfte dieser Stille und Abgeschiedenheit. Er liebte das Wort »Waldeinsamkeit« wie Ludwig Tieck, der es 1796 mit dem »Blonden Eckbert« in die deutsche Literatur einführte, und verwendete es allenthalben aus dem romantischen Begriff. Die Melancholie, die Pocci immer wieder heimsuchte, mit tagelangen Depressionen, unstreitig auch mit lähmender Todesfurcht, machte ihn solcher Abgeschiedenheit innerst bedürftig. Als Poccis Mutter 1807 seiner Geburt entgegensah, stand ihr Gatte in militärischem Dienst Napoleons. Der im Frühjahr an der polnisch-russischen Grenze entbrennende Kampf versetzte die hochschwangere Frau in wachsende Sorge und Unruhe. Wusste sie doch, dass ihr Mann der kämpfenden Truppe zugeteilt worden war. Vier Wochen vor der Geburt ihres Sohnes durchlitt sie den Höhepunkt ihrer Angstkrise. Zu dieser Zeit tobte die überaus verlustreiche Schlacht bei Preußisch-Eylau. Kurze Zeit, nachdem sie erfahren hatte, dass ihr Mann unverwundet überlebte, gebar sie ihr erstes Kind. Von Jugend auf war Poccis Seele schwermutgestimmt, mit ganz eigener Beziehung zum Tod. Mit fünf Jahren bereits zeichnete er den Tod, und es ist uns nicht bekannt, dass ihn ein Erwachsener dazu veranlasste, dass die Anregung von irgendeinem Bilde kam. Die mütterlichen Todessorgen hatten in seiner Seele Gewicht erhalten, Pocci war der Erbe ihrer Angst geworden. Und er blieb es. Eingehend wie kein anderer in seiner Umgebung beschäftigte sich Pocci mit Totentanzdarstellungen. Bei voller Gesundheit und auf der Höhe seines Lebens stellte er seinen eigenen Leichenzug dar, sinntief und illusionsfern. Voraus gehen ein Junge mit der Fackel und ein Kreuzträger mit der Priesterschaft, vier elende Bahrträger folgen, einem davon hängt die Tabakspfeife aus der Tasche. Auf dem Sarg liegen der ritterliche Helm und der Wappenschild; unweit davon hocken zwei Dohlen. Poccis Leiche folgen der sichtlich niedergeschlagene Hanswurst, einen langen Flor um seinen spitzen Hut, der »Gevatter« mit der Sense, ein Kater, ein Narr und zwei Schulbuben.

Poccis Geist wusste von Unrast und Qual; die tiefe Schwermut ließ ihre feinen Spuren auch in Poccis Gesicht, gab diesem den ergreifenden Zug von Güte, Würde und Gram. Seine Schwermut sprach nur zurückhaltend, sie achtete Grenzen und verschwieg ihr Letztes. Die Gedicht-Sammlung »Herbstblätter« (1867) weiß um alle Menschentraurigkeit, um alles, was den Toten und dem Tode gehört. Der düstere Grundklang gemahnt an die pathologische Schwermut seines Freundes Justinus Kerner (1786-1862); an diesen ist auch das ergreifende Bekenntnis gerichtet: »Ich habe ja durch mich selbst so gar nichts Liebenswürdiges, und es wird wohl nur die Nachsicht anderer sein – und so auch Ihr mildes Herz – das meiner so freundlich gedenkt. Mein bißchen Kunst habe ich vom lieben Gott; aber ich bin ja nur ein Vogel im Walde, der in den Tag hinein pfeift für die Leute und bei Nacht still für sich singt und meistens dabei weint.«

Zeitlebens war Poccis Seele vergänglichkeitsgestimmt, seine Phantasie einer Gestalt besonders zugewandt, die auf einem seiner Bilder mit aggressiv erhobener Sense dem Spruchband »Gaudeamus igitur« vorausschreitet: dem Tod, dunkeltief, ohne Abendruheglanz, erfühlt als letzte Abgrundmacht, aus der kein Licht, kein Morgen mehr erglüht.

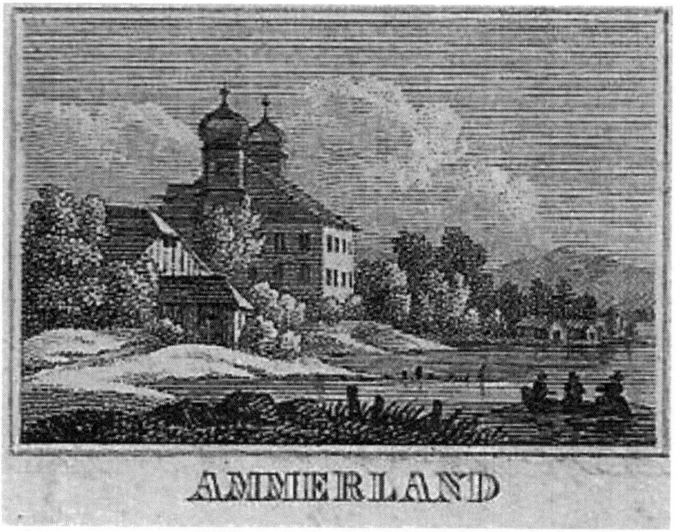

Schloss Ammerland (siehe Bild) und das herrliche Umland ließen Pocci immer wieder genesen, drei Königen dienstbereit, mit Gelassenheit, nicht zuletzt aus dem Wissen, daß auch die unerwünschten Welt- und Hoferfahrungen ihr Gutes hatten. Das Amt des Zeremonienmeisters war alles andere als eine Sinekure, aber er lernte die Welt, die ihm – übergenug – Ehren bot, zureichend kennen, so gefördert als Mensch und Dichter in antwortender Produktion. Er blieb ungeachtet aller Erfahrungen seiner Devise treu: Semper idem! Nach Hans Christian Andersens Überzeugung wird ein edles Herz niemals stolz; Poccis Persönlichkeit lebte dieses Wort. »Was seinen Umgang überhaupt so angenehm machte, war die feine Sitte, der gute Ton, der politische Anstand in allen Fragen«, schrieb Hyazinth Holland. »Dieser echte Takt, selbst in heiterster Fröhlichkeit, der immer eine gewisse Grenze zu wahren wußte, tat an ihm unendlich wohl. So konnte er mit allen Parteien und Ansichten verkehren, ohne sich einer ganz hinzugeben. In diesem Sinne war Pocci Aristokrat und wahrte doch das heilige Feuer der Freiheit; er blieb in wahrer Weise liberal, da er jede auf Überzeugung gegründete Ansicht achtete, aber deshalb auch den gleichen Anspruch für sich erhob. Eben weil er voll wahrer Ehre war und auf solche hielt, konnte weder Stolz noch Eitelkeit bei ihm Wurzel fassen. Leicht beweglich, entzündbar und von energischer Heftigkeit, lenkte er doch schnell wieder ein; seine weichen Empfindungen barg er gern hinter skurrilen Einfällen. Er war ein guter, wohlwollender, unerschütterlich treuer, selbstloser Freund, der das Gute, jeden Eigennutzes bar, aus reiner Freude des Wohltuns übte.«

Von Hyazinth Holland wissen wir auch, dass Pocci seine »Erlebnisse bei König Maximilian I., Ludwig I. und Maximilian II.« handschriftlich aufgezeichnet hatte. »Diese geheimen Memoiren ›Unter drei Königen‹ (im Umfang von 180 Blättern) hielt er immer verschlossen. Der älteste Sohn sollte sie erben. Sie kamen auch an Friedel Pocci und an dessen Sohn August, der sie verbrannte. P las mir daraus mehrere Kapitel vor. Sie waren mit einer so seltenen Freimütigkeit geschrieben, daß sie nicht in unrechte Hände hätten gelangen dürfen. Von Zeichnungen waren sie nicht begleitet.«

Über den Inhalt lassen sich nur Vermutungen anstellen; es war gewiss ein einzigartiges Dokument, das Grundsätze klärte, in Beobachtungen die Kehrseite glänzender Verhältnisse wies, die unentrinnbare Kategorie des Menschlich-Allzumenschlichen; »Pasquillant« im Erkennen und Werten, mit ungebrochenem Wahrheitswillen, war ihm – mit Sicherheit – daran gelegen, wenigstens sich selbst rückhaltlos zu zeigen und auszusprechen, was selbst auf Höhen nur bitterer (wenn nicht böser) Sachverhalt ist, bedrückend durch Enttäuschungen und Entlarvungen; was in blendendem Zauber nur verwirrendes, nichtiges Spiel ist, Leere in schwindender Erscheinungswelt. Der edle, an den Gebrechen des Daseins leidende Mensch wird förmlich hinaufgemartert zur Resignation, fähig des Trugausgleichs, voll Weisheit und Humor, in pointierten »Schlußworten« schwermütig bis zuletzt und des ernstesten Wortes eingedenk: »Tausend Freuden wiegen eine Qual nicht auf.« Der Zeremonienmeister blieb nicht in Zwiespalt mit sich selbst, dem Devoten so fern wie der Respektlosigkeit. Ist doch Unehrerbietigkeit immer auch ein Zeichen von niedriger Gesinnung, kalter Gemeinheit. Der Mann von ausgesprochener Distanz zu den Dingen stand in keinem Zwielicht; der überlegene Geist bedarf nicht der Maskierung. Um den feinen Mund lag eine tiefe Falte der Melancholie, gemildert durch den Ausdruck wunderbarer Güte.

Am 4. Juni 1834 heiratete Graf Pocci die Wiener Reichsgräfin Albertine Christine Marschall auf Burgholzhausen. Die überaus harmonische Verbindung war beiden ein echtes Lebensglück, durch tiefe geistige und persönliche Übereinstimmung, die auch Poccis Schaffen sehr zugute kam (»mein bester Kritiker!«). Ein Austeilen aus der Fülle des Herzens; über die Goldschrift dieser Ehe fiel der Sonnenblitz.

Albertine Gräfin Pocci, geb. Reichsgräfin von Marschall (1808-1890)

Drei Kinder wurden Pocci geschenkt: die Tochter war künstlerisch hochbegabt; der ältere Sohn Friedrich trat als kaiserlicher Oberförster in den Reichsdienst, der jüngere, August, wurde Offizier in der bayrischen Armee. Über Poccis Tochter Maria Elisabeth (1835-1913) schrieb H. Holland in seinen Lebenserinnerungen unter dem bleibenden Eindruck eines besonderen Liebreizes, »dem Glück der Jugend nah verwandt«: »Sie war eine wunderschöne, ätherische Erscheinung. Einmal sagte Schwind zu Pocci: ‚Wenn Deine Tochter auf einem Ball in der Residenz erscheint, so hält man sie für das Urbild einer Fee'. So oft ich zu Pocci kam, sang sie ein Landsknechtslied, ein Totentanzlied usw. oder phantasierte am Klavier.«

Als Fortsetzung des »Festkalenders« erschienen 1840 die »Geschichten und Lieder mit Bildern« in Folgen von je sechs Heften, abgeschlossen mit dem dritten Band (1845). Bild und Text sind auf Stein graviert, fast jede Seite bietet Illustrationen, Vignetten, originelle Figuren und Arabesken im unverkennbaren

Pocci-Stil. Reizende Beobachtungen der großen und kleinen Welt verbinden sich mit entzückenden Heimlichkeiten der Innenschau. Zu den Mitarbeitern zählen u.a. Ludwig Bechstein, Ludwig Aurbacher, Friedrich Beck, Justinus Kerner, Gustav Schwab, Karl Fernau-Daxenberger und Clemens Brentano. Hier begegnet uns schon »Kasperl Larifari« und – in einem Romanzen-Zyklus – der »Gevatter Tod«. Das Werk enthält auch ein »Puppenspiel« und ein »Schattenspiel«, im tastenden Beginnen schon Vorweis auf die geniale Fähigkeit des »Kasperl-Grafen«. Ein eigenes Dichtertum, fähig zugleich des Bildkünstlerischen, ahnt mählich das Ziel, das ihm gleichsam gesetzt ist.

Sprachbüchlein für Kinder schließen sich an, wechselnd im Format, jedes von gleich köstlichem Inhalt: den »Spruchbüchlein« (mit Bildern, 1838 und 1839) folgen das »Neue Spruchbüchlein« (1845), die »Sprüchlein mit Bildern« (1846, 1860) und das »Allerneueste Spruchbüchlein« (1851, bei Braun und Schneider). Jede Gabe für Kinder war diesem gemütstiefen Manne Trost und Halt in Enttäuschungen an Menschen, in Stunden, Tagen der Melancholie; am Ende erheitert durch das Kinder-Dasein, und unendlich beglückt sah er nieder auf das frohe Bild.

Zwei Freundschaften pflegte Pocci – aus Wahlverwandtschaft – mit besonderer Herzlichkeit: Mit Schwanthaler und Kobell verband ihn die erzromantische Liebe zum Mittelalter, als Einheit schöpferischer Pole. Die Epoche war für beide eine Märchen- und Mythenwelt, »geheiligt« durch Wälder, Dome und Burgen. Welche Faszination: Stein, Kühle, Maßwerk, altersgrau; der bröckelnde Mauerkreis, Hügel, die mittelalterliche Wehren über Wiesentäler und Wälder heben; das träumerisch-innere Ergreifen großer Vergangenheit, eingesponnen in wunderbare Dinge, ewigem Leben so nah wie der Totenwelt; Hyperion-Träume, die vaterländischer Ferne gelten, ihrer Symbolik in erhöhendem Sinn.

Mit der ursprünglich von Schwanthaler selbst großzügig entworfenen, von Friedrich von Gärtner 1842/44 in verkleinertem Maßstab gebauten Burg Schwaneck am steilen Isarufer bei Pullach verwirklichte der Künstler einen Jugendtraum.

1853 erschien zu Augsburg die historisch-romantische Novelle von Friedrich Wilhelm Bruckbräu (1792-1874) »Burg Schwaneck und Meister Schwanthaler«. Bruckbräu gibt darin ein Gespräch mit Schwanthaler wieder: »Schon als Knabe hatte ich eine sehr lebhafte Phantasie, las nichts lieber als Ritter- und Geistergeschichten und ergötzte mich an den abenteuerlichen Zuständen des Mittelalters. Aus diesem Umstande werden Sie sich meine noch immer andauernde Vorliebe für merkwürdige Sachen aus dieser Zeit erklären können. Ich bin noch jetzt ein großer Freund von Ritter- und Geistergeschichten, habe auch gar selbst zu dichten versucht und einem Freunde 40 improvisierte Geistergeschichten diktiert ... Zur Zeit meiner vorgerückten Knabenjahre gehörte der Weg zwischen Maria Einsiedel, oberhalb Thalkirchen und dem Dorfe Pullach und noch weiter hin, soweit es eben ging, immer unten am waldigen Fuße der Anhöhe zu meinen Lieblingsspaziergängen, und meine jungen Gesinnungsgenossen folgten mir gerne. Wir lagerten uns bald da, bald dort, in irgendeinem lebenden Schatten der Niederung, deren Öde wir dann wetteifernd mit den Gebilden unserer Phantasie belebten, mit fahrenden Rittern und bedrängten Edelfräulein, mit Boten des heimlichen Gerichts, mit Räubern in Einsiedlerkutten, mit Zwergen, Riesen und Ungeheuern, mit Geisterhöhlen und allen Arten unheimlichen Spuks. Etwa hundert Schritte vor dem Pfahlzaune, der von Schwaneck den Berg hinunterzieht bis an den Rand der Isar, ist in der Tiefe eine Lichtung und in dieser ein Plätzchen, von wo aus man jetzt einen malerischen Anblick genießt, die Burg Schwaneck, wie sie aus dichtem Gesträuche zwischen flüsternden Baumkronen emporragt. Damals aber stand nichts da oben an der Ecke des Hesseloher Waldes, und dennoch sagte mir eine innere Stimme, so oft ich in den Abendglanz der

Sonne das gespenstische Grünwald herüberlugen sah, das einst ein römisches Kastell mit einem vierfachen Walle gewesen ist, daß diesem gegenüber gewiss auch da oben einst ein solches Kastell oder Ritterburg sich müsse erhoben haben, und ich beteuerte meinen jungen Freunden ganz ernsthaft, daß ich wieder eine Burg hinaufbauen wolle. Wir malten uns nun gar oft unser künftiges, gemeinsames Burgleben mit den reizendsten Farben aus. So mancher Jugendtraum pflegt mit den Jahren immer schwächer zu werden, bis er zuletzt völlig verschwindet. Mein Jugendtraum hatte sich nach und nach in mich hineingelebt, und er verließ mich nie wieder, bis ich ihn endlich in Erfüllung brachte.«

Wie Schwanthaler konnte sich auch Pocci nicht genug tun mit dem Zeichnen von Burgen und Schlössern (zumeist in landschaftlich sehr reizvoller Umgebung), von ritterlichen Fest- und Turnierzügen. Unter eines seiner unzähligen Burgenbilder setzte er den launig-bekenntnishaften Vers:

Und hätt' ich auch an hundert Händ',
Mit Burgen käm' ich nie zu End.

Freund war Pocci auch Franz von Kobell, der den »Maler, Dichter, Kinderfreund und Hofmusikanten« in humorvollen Gedichten feierte als »Mann des Volkes«, der »an Hexen, Feen, Kobolde, Wichtel, Nixen und Nymphen glaubt und Engel, Einsiedel und Kinder gestochen, gezeichnet und lithographiert« hat. Pocci seinerseits stattete einzelne mundartliche Gedichte Kobells, dessen »Schnadahüpfeln und Sprüchln«, die gemütvolle Geschichte vom Brandner Kaspar u.a. einfühlsam mit Zeichnungen aus, insgesamt von kongenialem Verständnis für Kobells dichterische Eigenart, in Zustimmungen von geritztem Humor.

Als Kobell, Dialektdichter und Mineraloge, 1840 die Galvanographie erfand (»Eine Methode, gemalte Tuschbilder durch galvanische Kupferplatten im Druck zu vervielfältigen), hatte auch Pocci versuchsweise Tuschbilder geliefert. Seit Beginn der dreißiger Jahre übte er sich auch in der Radierung, vervollkommnete sich darin allerdings nur langsam. Poccis Illustrationen wurden im Holzschnitt vervielfältigt, der seinem Formwillen wie seiner Begabung am besten entsprach. In der Tat hat auch Pocci teil an der Entwicklung der Münchner Holzschneidekunst (Xylographie), die so rasch zu Blüte und Frucht gedieh, über besondere Werdensstufen zu bewundernswertem Rang.

Zwei Gesellschaften, deren Mitglieder sie waren, hatten die Annäherung, den ersten Kontakt vermittelt. Über die gesellschaftliche Bedeutung hinaus waren beide Vereinigungen zugleich »Schatzbehälter von Geist, Wissen und edlen Bestrebungen«, wie Pocci sie in dankbarem Rückblick zu Ende seines Lebens nennt.

1839 trat Pocci der (1837 gegründeten) Gesellschaft der »Zwanglosen« bei, die sich zunächst der Pflege der Dichtkunst widmete, dann den Kreis erweiterte und (auch außerbayrische) Gelehrte und Künstler aufnahm.

Seit 1840 war er auch Mitglied der (seit 1819 bestehenden) Vereinigung »Alt-England«. Im Vorwort zu seinen Zeichnungen und Karikaturen für die Chronik der »Anglia« bekannte Pocci mit launiger Aufgeschlossenheit: »(zu dieser Zeit) war ich schon längst dem ›Spotteufel‹ verfallen und sein blindes Werkzeug geworden, nur das Terrain ward erweitert, das ich zu bearbeiten gewohnt war, und die Fülle des Stoffes, die sich mir darbot, drohte meine geringen Fähigkeiten zu überwältigen. Das Feld aber war bereits geackert und bebaut. Also entstanden nach und nach meine Bilder, die allmählich an Intensität zugenommen haben dürften, nämlich von der Zeit an, wo ich einen höllischen Einbläser bekam in dem berüchtigten Gesellschaftsmephistopheles, dem Dr. med. Ludwig Koch, der einige Jahre nach mir Mitglied der Gesellschaft ward.« Humorvoll untertreibend, nannte sich Pocci bei anderer Gelegenheit »ein höchst unnützes Glied« der Gesellschaft.

Die zwölf Karikaturenalben, eine unerschöpfliche Bilderchronik zur Münchner Kultur in der Mitte des 19. Jahrhunderts, enthalten nicht weniger als 1615 Zeichnungen, 1470 davon stammen von Poccis Hand; es sind zumeist säuberlich aquarellierte Bleistift- oder Federzeichnungen. Er war beider Gesellschaften »Pasquillant«, mit humorvollster Einrede in Schwächen und Blößen. Pocci, der in diesem Dienst sein Talent als Karikaturist zur Meisterschaft brachte, schonte auch sich selbst nicht. Er stellt sich uns vor als »Tartuff«, »Herme«, und »Packträger«, als »Nereide«, »Feuerwehrmann« und »Gimpel«, als »Jugendschriftsteller«, der sich – allen Ernstes – mit seinen neuesten Jugendschriften an einen Säugling heranwagt; als »Giraffe«, »Badegast in Ostende«, »Gipsfigurenverkäufer«, »Monsieur le Maigre«, als »Esel« in der goldgestickten Uniform des Zeremonienmeisters; oder mit kurzer Hose und Schaftstiefeln, einem riesigen Helm mit noch größerem Federbusch, über der Schulter eine Feuerspritze, die einer übergroßen Klistierspritze gleicht. Einmal auch als »Hofmusikintendant«, schwitzend bemüht, das auf schwachem Karren stehende Hoftheater aus einer Kloake zu ziehen.

»Unbeanstandet« blieb kein Mitglied, v.a. nicht Poccis Freund Kobell. Franz von Pocci, der – nach Bodenstedts Trinkspruch vom 6. Januar 1858 – »Priester ist in jedem Musentempel«, mit dem ganzen geistigen und künstlerischen München befreundet, sondierte – mit zeichnerischer Leidenschaft – Menschen und Verhältnisse. Seine Karikaturen v.a. gaben beiden Gesellschaften die unverwechselbare Eigenart. Ein Genie der Spottbezeichnung, das mit schärfsten Pfeilen hantierte, ohne bös zu verwunden. Poccis rastlose Satire gilt allen Ständen und Volksschichten. Niemand kam ungerupft davon. Unsterblich ist Poccis »Staatshämorrhoidarius« (in den »Fliegenden Blättern«), dessen Traum von einem »juristischen Himmel« mit dem justinianeischen Festaufzug: den vertrockneten, verknöcherten Typen byzantinischer Epochen; Urbild des verkalkten, verzopften Bürokraten der vormärzlichen Zeit.

Ein satirisches Meisterwerk ist auch die »Lustige Gesellschaft«: die »Suite« der Hofmandarinen beim »Cortege« des chinesischen Kaisers.

Ärzte, Künstler, Gelehrte, Professoren; Pocci nahm jeden unter die Lupe: keiner – auch nicht einer – stand ihm zu hoch. So begrüßt z.B. der Totengräber den Dr. Sassafras: »Wie, kommt Ihr selbst einmal hierher? gewöhnlich schickt Ihr mir nur Eure Patienten heraus!« Mit besonderer Vorliebe nahm Pocci die »Berufenen«, die (von Maximilian II. bevorzugten) »Nordlichter« aufs Korn, jene (mitunter über-)gescheiten Herren Professoren und Gelehrten, nicht weniger die Titel- und Ordensjäger, die Macht-, Rang- und Geltungssüchtigen aller Klassen, die fatale Realität der Dummheit und Anmaßung, des Widrigen in Sein und Schein. Poccis Geißel schwingt aus und klatscht nieder. Das große Dichter »Steeple-Chase« – Geibel, Schack, Carriere, Bodenstedt, Kobell – erhellt im maximilianeischen München eine Grundsituation: Kobell (einen schweren bayrischen Ackergaul reitend) schreit überlaut: »Gscheckete Luader, lasst's mi a mit!«

Ein Meister im Gebrauch von Stift und Feder, mit den schärfsten Augen ausgestattet und fähig der pointierten »Anmerkung« und zugespitzten »Feststellung«, unabhängig nach allen Seiten und niemandes Feind, durch Witz, Talent und (aus Melancholie gefiltertem) Humor allen Zeichnern der spätromantischen Epoche überlegen, ist Pocci geradezu die Mittefigur der »Anglia«, deren Mitglieder breite grünseidene Schleifen mit Silberfransen trugen, auf denen – silbergestickt – zu lesen stand: »Wine and song – enjoy it long!« Von Lichtenberg stammt das Wort: »Man muss nie den Menschen nach dem beurteilen, was er geschrieben hat, sondern nach dem, was er in Gesellschaft von Männern, die ihm gewachsen sind, spricht.«

Poccis Zeichenstift gilt nicht Belanglosigkeiten, er bleibt auf das Grundwesen des Menschen gerichtet, beweglich im Ausspüren der seichten oder trüben Tiefe. Die Distanz befreite Pocci zur Unbefangenheit in Witz und Spott. Das ewige Gewicht menschlicher Unzulänglichkeit ist allenthalben spürbar, das Zeitlose gilt, nicht das Zeitliche, Zeitbedingte in menschlichen Schwächen. Vorrang hat, was immer wiederkehrt im ewigen Wechsel menschlicher Existenz; Poccis Spottlust hat keine Instanz über sich.

Franz von Pocci: Parodie auf Bonaventura Genelli

Franz von Pocci: Die Wildbadnymphe am Heilquell sprudelnd

Schärfste Satire gibt sich ebenso kund im Verstehbaren wie im substantiell Unbegreiflichen. Im Klärungsvorgang ein Reinigungswerk von zeitentrückter Allgemeingültigkeit. Bilder, Worte sind wie Tore: in ihnen öffnet sich Poccis satirischer Geist, aber auch sein Herz.

Auch für die »Zwanglosen« schuf der »Pasquillant« Pocci weit über tausend Karikaturen. Ihnen hatte er, wie er selbst bekennt, »viel geistige Anregung« zu danken. Wer immer im damaligen München zu Künstlern und Gelehrten Beziehungen hatte, Kunst und Wissenschaft nahestand, war Mitglied dieses Vereins, in dem aller Zwang verpönt war: offen jeder Fröhlichkeit, fern jeder Dissonanz, pflegte er die freieste Geselligkeit. Gerade Pocci kultivierte und regte die geistige Unterhaltung in diesem Kreise immer wieder an, zahllos die Beiträge in Wort und Bild, unerschöpflich die Reihung der Karikaturen, die das gesellschaftliche Leben des Vereins begleiten, dessen Mitgliedern – mit höhnendem Gemecker – den Spiegel vorhalten, die Narrenkappe überstülpen, ein Werk mild-nachdrücklicher Entlarvung, des sanft-energischen Zurechtrückens und Korrigierens verrichten, nicht zuletzt in Ausdrucksarten der satirischen Selbstbeichte und »Selbstverwirklichung«. Vielen wurde dabei schmerzhaft bewusst, wie kräftig dieser »Schnak von Ammerland« zu stechen vermochte. Und dies bei jeder Gelegenheit! Selbst auf die Rückseite einer Einladungskarte zur Mittagstafel am königlichen Hof für »Dienstag den 23ten Februar 1858 um 4 Uhr« karikierte Pocci zwei klavierspielende Männer in Gesellschaft eines behäbig vor sich hinschauenden Mönchs. Ganz frei von Heinescher Ironie, fehlte seiner Satire in Wort und Bild auch »der Tendenz Verpfefferung«.

Was Pocci den Gesellschaftsalben anvertraut, hat zu einem nicht geringen Teil literarischen oder kulturhistorischen Wert. Hier begegnet z.B., nach Poccis Bericht, Emanuel Geibel »als weckender Königssohn, das goldene Saitenspiel am weißblauen Bande, dem Dornröschen, der schlafenden Zwanglosia«. Unter seinen Füßen – o Wunder! – »blühen Blumen auf«, wie der »Pasquillant« mit geheucheltem Staunen hervorhebt; nannte sich Geibel doch so schwelgerisch-stolz wie entwaffnend naiv den »letzten Lyriker«.

Bei anderer Gelegenheit vermerkt die Chronik im Hinblick auf die Berufung des Lübecker Dichters nach München:

Geibel kam auf vieles Bitten
Endlich auf romant'schem Roß
Zu uns Münchnern eingeritten,
Anzuregen Klein und Groß.

Auch Bodenstedt wird mehrmals spöttisch einbezogen; einer fingierten Ankündigung der »Lieder des Mirza Schaffy, oberbayrisch von Franz von Kobell«, z.B. fügte Pocci zwei Proben hinzu, angeblich von der »Deckerschen Geheimen Hofbuchdruckerei, Berlin 1853«. Die vorgespiegelte Aufforderung des Verlages an den Sekretär der Gesellschaft, den – nachmals von Pocci zum »Kunstoberförster« ernannten – Kunsthistoriker Ernst Förster, versprach u.a.: »Das Werkchen; das besonders für Süddeutschland Markt finden dürfte, könnte ohne Zweifel durch seine Verbreitung den verdumpften Bayern Gelegenheit geben, einigermaßen eine Bildungsstufe wieder höher zu klimmen.« Pocci machte sich damit zum spöttischen Sprachrohr für jene Münchner, die sich durch die Berufung fremder Gelehrter, der sog. »Nordlichter«, übergangen fühlten, zurückgesetzt oder in den Schatten gestellt. Das Bild der Begrüßung jener »Hellen Sterne, hergerufen aus der Ferne«, zeigt an Geibels Seite Paul Heyse, dem Poccis Spott, vor dem alle gepflegte Eitelkeit, jede Selbststilisierung verschwamm und zerfloss, nur selten behagte:

Und du holder, treuer Heyse
Wandelst mit ihm ein Geleise
Klassisch und halbgöttisch hin.

Feingeschnittenen Profiles,
Etwas oriental'schen Stiles
Jung an Jahren, alt an Sinn.

Daß Du Goethen übertroffen,
Noch ist's nicht; doch darf man's hoffen,
Weil's Emanuel prophezeit.

Jetzt schon zeigt sich in dem Keime
Eines jeden Deiner Reime
Ganz die Goeth'sche Fähigkeit.

Um so besser verstanden sich die »zwei Franzl«, Franz von Pocci und Franz von Kobell, so sehr sie auch voneinander abwichen in Wesensäußerungen, in Sympathien wie Animositäten bei verschiedensten Gelegenheiten. Einig mit ihm auch dort, wo Meinungen und Überzeugungen gänzlich auseinandergingen. So ruppig und launisch sich Kobell mitunter auch gab, er blieb sich gleich an Treue und Anhänglichkeit. Auch H. Holland stellt dies in »Lebenserinnerungen« heraus: »Trotz seiner rauhen Außenseite war Kobell ungeheuer weichherzig. Beim Requiem für seinen Freund Pocci sang er, um sich zu betäuben, in der Kirche mit halblauter Stimme: ›Haust du meinen Juden, hau' ich deinen Juden!‹ Sonst hätte er laut aufgeschluchzt.« Mehreres gaben sie gemeinsam heraus: außer den bereits genannten Sammlungen von Liedern die »Fliegenden Blätter II« (6 Gedichte von Kobell mit Lithographien von Pocci), von »Schnaderhüpfln und Sprücheln«, dazu viele Einzelblätter, wie »Des Reiters Rosse«, »Boarisch Schützenlied« und dergl.; Briefe Kobells an Pocci erweisen ein waches, durchaus nicht kritikloses Interesse am Schaffen des Freundes, wie ausersehen und fähig, an dessen Ziel und Aufgaben verstehend teilzunehmen und mitzuwirken. Über Poccis »Gevatter Tod« z.B. urteilte Kobell nur mit Vorbehalt: »Der Teufel tritt zu materiell hervor, und man ist geneigt, eher ihn anzuklagen als den Bader. Auch ist die Geschichte zu krass, ihr Publikum wäre eigentlich Landvolk, aber weder Hoftheater noch Vorstadttheater ... Im ganzen wurde das Stück gut aufgenommen, gespielt vortrefflich. Da hast Du mein Referat.«

Nach der Premiere des Volksstückes »Der wahre Hort« schrieb Kobell dem Freunde: »Die gestrige Vorstellung der ›Untersberger Mannln‹ verlief ganz gut, ich hätte nur ein rascheres Spiel gewünscht, aber das ist bei mir immer der Fall wegen des jugendlichen Feuers.« Kasperlstücken Poccis stimmte Kobell meist beifällig zu (»der poetische Hintergrund im Gegensatz zu diesem fidelen Lumpaci ist eigentümlich und lustig«); an Kompositionen des Freundes fand er manches auszusetzen. »Ich habe Deine Komposition (des Schützenliedes) auf dem Klavier probiert und es gefällt mir die Melodie sehr, nur das verdammte cis ... wird jede Soldatenkehle zuschnüren. Befiel also Deinem Genius, daß er ein paar singbarere Noten hinschreibe.« Dem Illustrator galt dagegen die volle Anerkennung: »Schönsten Dank für Deine geniale Illustration zum Kaspar« (der von Kobell erzählten ›G'schicht‹ vom Brandner-Kasper) »Sie bildet eine eigentümliche Zierde meines Zimmers.«

Auch Kobells »Wildanger« sollte Pocci illustrieren. Der Freund ging sofort ans Werk; kongeniale Entwürfe ließen eine Meisterleistung erwarten. Am Ende aber bekam Ernst Fröhlich den Auftrag. Ohne Nachgroll und Bitterkeit besprach Pocci das Werk des Freundes (in der »Allgemeinen Zeitung«) so ausführlich wie zustimmend.

Im Kreis der »Alt-Engländer« und der »Zwanglosen« bot sich reichlich Gelegenheit, gemeinsam mit Kobell gegen Missliebiges Stellung zu nehmen oder dem Freunde selbst mit lustigem Gemecker am Zeug zu flicken, satirische »Richtigstellungen« – nie Abwertungen – zu vollziehen, im wuchernden Unterholz aufkommender Selbstgefälligkeit, Rechthaberei usw. kleine Kahlschläge zu beginnen, Auswüchse aller Art einzuebnen. Die Vereinsalben enthalten über 150 Spottzeichnungen und witzige Texte Poccis, launige Reimereien, in denen der »Pasquillant«

über dem Weidmann, Mineralogen und Dichter Kobell sarkastisch-ironisch zu Gericht sitzt mit Püffen und Stößen. Dort findet sich aber auch manche Pasquinade Kobells, an Poccis Adresse gewandt, lustig-grob, genüsslich-rüffelnd, vorneweg in Attacken mit eingelegter Lanze. Bemerkenswert, dass Pocci, der »Pasquillant«, Kritik weit besser vertrug als Kobell. Ausstellungen an seinem Werk veranlassten Kobell zu hartnäckig widersprechenden Antworten: »Deine Kritik des Wildangers ist im allgemeinen ganz recht und mit freundlicher Nachsicht geschrieben. Einige Repetitionen im Ausdruck kommen vor, die leicht zu ändern sind. Gleichwohl möchte ich selbst die Kritik, wie sie ist, nicht an Cotta schicken, denn die Bemerkungen über meine Gedichte behagen mir aufrichtig gesagt gar nicht. Daß unter etlichen 30 Gedichten und Spruchreimen einige schwächer sind als andere, wird überall vorkommen, und daß die Klingreime nach Art der Priameln etc. absichtlich bei einigen gewählt sind, und ein Jäger dabei mehr im Auge gehalten ist als ein Gelbel oder Carriére, wirst Du wohl erkennen. Wie Du es hingeschrieben hast, käme es aber heraus, als wenn da leichtsinnig etwas zusammengedichtet worden wäre, was nicht druckreif u. dgl. Das ist nicht der Fall, und die größeren Gedichte über die Hirschjagd, Auerhahn, Spielhahn, Treibjagd halte ich, um mit Bodenstedt zu reden, sogar für die besten, die ich in dieser Art gemacht habe. Für die schöne Zeichnung danke ich sehr.«

Pocci, überaus verträglich, nahm den Freunden nichts krumm; v.a. Kobell gegenüber wahrte der »Pasquillant« die ironisch-gutmütige Grundhaltung, unermüdlich im »Derblecken« des »stimmungsgewaltigen Naturburschen«, dem es nicht an grober Querköpfigkeit gebrach, an polterndem Eigensinn. Die Kobell geltenden Karikaturenzeichnungen Poccis ergeben eine nahezu lückenlose Charakteristik beider; werden doch selbst tiefste weltanschauliche Fragen berührt und ins Scherzhafte (nie Oberflächliche) gewendet.

So »verselt« Kobell z.B. über Poccis Gläubigkeit:

Der Pocci glaubt als ein guter Christ,
Was nach Sinzel zu glauben geheißen ist.
Doch seht, er glaubt auch an Hexen und Feen,
An Kobold und Wichteln, und an Pygmäen,
An Nixen und Nymphen und Erdsalamander,
An Cherub und Engel, gar bunt durcheinander,
Und an Theophrastus – 's freilich sein Nisi,
Nicht minder, wie an den Franz von Assisi.

Franz von Pocci: Franz von Kobell

Ernsthafter meinte Kobell ein andermal: »Deine Reflexionen sind ganz gut, ein kritischer Sophist könnte sie aber mehrfach anstreiten und fragen: Warum soll der Geist ein Ewiges sein müssen und nicht ein Zeitliches sein können?

Drum gib dich vertrauten Herzens hin,
Und werde, was da werde;
Mit dankender Seele pflücke den Tag,
Vom Himmel ja kommt er zur Erde.«

Weder Pocci noch Kobell war ein eigentlich philosophischer Geist; ihre Dichtung ist auch nicht aus Weltschmerz und Resignation gespeist; jedes Leiden wurde von christlicher Hoffnung und Zuversicht aufgewogen, es gab mehr als einen Traum. Philosophie fordert und erstrebt die ganze – im Letzten furchtbare – Wahrheit, der Glaube aber verlangt und will sie nicht: Philosophie schafft ihm nur ruhlose Bangnis, etwas von Belang und Wesentlichkeit sagt sie ihm nicht. Das gilt für Pocci ebenso wie für Kobell. Es gibt in ihrem Leben und Werk kein dunkles Glaubenswort. Keinem abgründigen Zweifel, keiner metaphysischen Verzweiflung wird je das Wort geredet mit nicht missverstehender Deutlichkeit. Religion bleibt ihnen (unangefochtene) Selbstverständlichkeit, die geistige Lebensform ist davon geprägt. Glauben, nicht philosophieren befreit sie von der Angst vor dem Tode. jenem allein verdanken sie das Bewusstsein der Unsterblichkeit. Es gibt zugleich ihrer Menschlichkeit das verpflichtende Ethos.

Die Mitglieder der beiden Gesellschaften kannten Poccis schöpferische Freude an der Kinderwelt, in diesem Bereich waren seine Ideen und Fähigkeiten besonders groß. Die Mappe der »Zwanglosen« überliefert einen Scherz Kobells zusammen mit einer Zeichnung des Kinderfreundes Pocci. Franz von Pocci begegnet auf diesem Bilde einem unerkannten Wanderer – dem Nachtwächter – und ist darüber hoch entzückt: »Den muß ich kennen lernen, sein Lied muß ich haben, seine Hellebarde zeichnen. Das ist eben etwas für die Kinder auf Weihnachten. Oh Cotta, oh Lindauer, ich überrasche Euch, eine Hellebarde und drauf ein Lied, oder ein Lied und drauf eine Hellebarde, d.i. herrlich, das macht sich.«

Mehrmals wurde Pocci von Kobell – so treffend wie eigentümlich – als Kinderfreund charakterisiert. So beschreibt Kobell cine Zeichnung Poccis, die Mitglieder der »Anglia« vor der Himmelstür zeigt: Franz von Pocci betend, die Feder am Ohr, geleitet von Friedrich Voltz, Friedrich Beck, Bodenstedt, Dingelstedt, Geibel, Wilhelm von Kaulbach, Ernst Förster und Lasaulx, in einem scherzhaften Gedicht »Aus dem Elysium« (1858). Welcher Empfang wird den Zech- und Sangesgenossen im Himmel durch Petrus zuteil? Der eine wird angenommen und eingelassen, der andere verschmäht und abgewiesen. Als die Reihe an den »Kasperl-Grafen« kommt, stellt sich dieser kleinlaut vor, hingeschoben von Friedrich Voltz, dem – kuttenvermummten – Tiermaler:

Franz Pocci (mit zierlichem Kompliment)
Bin Maler und Dichter ... wer mich kennt.
Dann Kinderfreund auch und Hofmusikant

... und sofort ruft Kobell als himmlischer Pförtner schier überlaut:

Graf Pocci, ah, freut mi, dees ist ja charmant;
Sie san vo die Engeln selm recummadirt
Schau weil S'es so gmalt hamm und illuminirt,
Und 'zeichnt und g'stocha und lithographirt,
Und mit Bloameln und Vögerln in' Bildl verziert
Und hamm alli Oasidl lang scho's Bigehrn,
Daß s' Ihna halt segn amal, denn selli Herrn,
Di sie kümmern um d'Oasidl z'tiefest in' Wald
Und preisen s' der Juge'd, die findt ma 'nit bald,
Und Kinder und Kinnln, mir hamm s'grad genua,
Di si' freua, daß S' kemma – d'rum genga S' no' zua,
Genga S'eina, Herr Graf.

Franz von Pocci:
Dem neuen Hofmusik-Intendanten wird ein Ständchen gebracht

Pocci, der immer wieder Kindergestalten zeichnete, unendlich viele Kinderlieder verfasste, die »Komödienbüchlein« nach eigenem Bekenntnis »für oder hauptsächlich für Kinder« geschrieben wissen wollte, wusste als echter Kinderfreund, wie die Gaben beschaffen sein müssen, sollen sie Freude und Segen der Kinderwelt sein: eine Wunschkost für das Auge wie für das Herz.

»Der Mann ist kindlicher als das Weib«, behauptet Nietzsche. »Im echten Manne ist ein Kind versteckt; das will spielen.« Dieses Wort hat Christian Morgenstern (1871-1914) als Motto über seine »Galgenlieder« gesetzt. Gewiss nicht zu unrecht: gelang Morgenstern doch eines der schönsten, eindrucksvollsten Kinderbücher, »Klein Irmchen«. Übrigens »offenbart« sich – nach Euripides (»Andromache«) – »das Leben dem Manne am tiefsten in seinem Kinde«.

Die Reihe von Poccis »Gaben für Kinder« – ist imponierend groß; nur einiges davon sei hier genannt: »Der Osterhas. Eine Festgabe für Kinder in Bildern von Franz Pocci und in Reimen von Georg Scherer« (1850 – siehe Bild); »Alte und neue Kinderlieder« (1852, zusammen mit K. von Raumer); »Dramatische Spiele für Kinder« (1850); »Das güldene Weihnachts-ABC« (mit Versen von I. B. Bach, 1854) und »Das Büchlein A bis Z« (1857). Pocci verband mit seinem Schaffen keine eigentlich »pädagogischen« Absichten, er traf das »Kindertümliche« instinktiv. Seinen Schriften fehlt das Absichtsvolle moderner »Kinderbücher«. Der Umgang mit Kindern war diesem Menschenfreund ein Urerlebnis, in dem er für sich selbst Unendliches empfing. Pocci, auch ein großer Naturfreund, liebte die Blumen und Vögel, ewig morgenneu in Wald und Flur, und las aus allem den eigentlichen – romantischen – Sinn heraus. Und er liebte die unerschöpfliche Weisheit, den deutungsfähigen Lebensreichtum des deutschen Märchens, das in Pocci einen kongenial illustrierenden Wiedererzähler fand.

So manches davon ist weitergesponnen, auf die nächste (damit zugleich fernste) Sicht gerichtet, auf eine wunderbare Werdewelt. Mit guten Gründen wurde Poccis Zeichnungen nachgerühmt, dass sie leichter verständlich seien als die Bilder Ludwig Richters (1803-1884). Richter ist der – unbestritten – größere Künstler, formbedachter im Schaffen, mit größerem Abstand zum Objekt. Pocci dagegen, »Dilettant« im Goetheschen – also besten – Sinne des Wortes, hat die weit innigere Nähe zum Kind:

Ein Stück von meinem Herzen ja,
Liegt vor Euch in den Blättern da,
Denn alles, was und wie ich's tat,
Nahm ich aus meines Herzens Hab'.
Aus meines Lebens tiefem Schacht
Hab' ich's auf das Papier gebracht.
(Sylvester 1856)

Das Kind war ihm Lebensfreude, Gefäß seiner Liebe, augenblickliche Anregung zu dichterischem und künstlerischem Schaffen, das rein am Kinde orientiert blieb, mit dem einzigen Vorsatz, ihm Gutes, wenn nicht Bestes zu geben, wie er selbst im Nachwort zum dritten Band der »Geschichten und Lieder mit Bildern« beteuert:

Ich gab zur Lust
Das beste, was ich fand und wußt ...
Mein armes Herz, es war oft bang
Und hin und her besann sich's lang:
Was wohl den Kleinen wäre recht
Und doch den Großen nicht zu schlecht.

In seinem Schaffen für das Kind war Pocci nicht lediglich angeregt, er war erfasst. Seine Bilderbogen und Bilderbücher, mehrere seiner Schattenspiele waren ausschließlich für »die Kleinen« gedacht, die noch nicht lesen können; im Vorwort zum »Lustigen Bilderbuch« weist Pocci die »Größeren« an, jenen daraus vorzulesen:

Erzählen mag das Mütterlein
Daraus beim trauten Lampenschein,
Ihr Kleinen spitzet wohl das Ohr,
Ihr Größ'ren tretet schnell hervor
Und nehmet selbst das Buch zur Hand.
(Geschichten und Lieder mit Bildern, Bd. 3)

Seine kritische Wertung zeitgenössischer Kinderschriften und Bilderbücher, »Zur Literatur der Jugendschriften«, betont die »Manifestation eigener neuer Richtung, in der sich Wort und Bild (und Musik) zu einem Ganzen verbinden und dadurch die Aufmerksamkeit des Kindes zu fesseln wissen«.

Die Verschmelzung des echt Kindertümlichen und Künstlerischen ergibt das Neue und Eigene im bewundernswert Mannigfaltigen. Franz Pocci (Enkel) deutete nachmals den Wappenentwurf seines Großvaters (»Mein Wappen symbolisch«) im Hinblick auf dieses Besondere:

Dort auf der Säule ruht in Gold
Der Mond der Phantasie,
Gleich wie drei Kinder wunderhold,
Drei Ähren zeitigt sie.
Die wachsen auf so frank und frei,
Bis voll und reif sie sind:
Die Poesie, die Malerei,
Musik als drittes Kind.

Das erste Buch der Künstlerchronik von Frauenchiemsee enthält Poccis Selbstcharakteristik:

Vögel singen im Walde frei,
Fliegen auf mit Jubelschrei
Oder hocken in ihrem Bau.
Bin kein Maler und male doch,
Bin kein Sänger und singe doch,
Sitz da oben im Himmelsblau.
Maler und Sänger verzeihet mir,
Daß ich auch da sitze hier
Und in die Welt hinein schau.

Die poetische Widmung zu den »Trifolien« (1838, sechs Lieder mit kongenialen Zeichnungen Poccis) huldigt bekenntnishaft einer Vereinigung der drei Künste:

Wenn Wort und Klang und Bild
Zu einem sich gestalten,
So mußt du, lieber Freund,
Dich wohl ans Ganze halten.
Was an den Worten fehlt,
Das soll der Klang ergänzen,
Der Töne Mangel mag
Der Bilder Lust umkränzen.
Und wie der Blätter drei
Aus einer Knospe sprangen,
Denk, daß die Gaben dir
Aus einem Herzen drangen.«

Poccis Kinderdichtung, die Märchen und Erzählungen, Sprüche und Verse, Schatten- und Puppenspiele, Bilder und Lieder umfasst, wurzelt in seiner eigenen Kinderzeit, der wohl nichts an Fröhlichkeit fehlte, im weiteren angeregt und unterstützt durch die romantische Zeitströmung, die vorzüglich auf das Volkstümliche und das Kind gerichtet war. Nachhaltige Einflüsse durch Poccis

Freundeskreis kamen hinzu: aufgefordert zur Mitarbeit, schuf er Illustrationen zu Albert Ludwig Grimms »Kindermärchen« (3. Aufl. 1839); Radierungen zu Rudolf Schreibers »Sechs Märlein für Alt und Jung« (1842); zu »Blaubart«, den er mit Text und Bildern versah (und später noch als Puppenspiel bearbeitete); zum Märchen »Schön Röslein« (1837), das Guido Görres nach Clemens Brentanos Vorbild schuf; übrigens auch Bilder zu Märchennovellen des Dänen Hans Christian Andersen.

Das Beste seiner Kinderdichtung verdankte Pocci der nächsten Nähe zum Kind. Schenken und Freude bereiten gehörten zum Wesen dieses echten Edelmanns. Seltsam, so ein Kinderblick! Pocci war davon lebenslang ergriffen. Immer ist er mit Kindern zusammen, fähig, selbst ein Kind unter Kindern zu sein, mit herrlicher Beobachtungsgabe für alles, was Kinder betraf, was Ereignis im Kinderdasein bedeutet, Fröhlichkeit, Glück, Angst und Leid. Er bedurfte der Kindernähe allenthalben: als Pocci einmal krank war, durfte der einjährige Sohn Friedrich auf der Decke seines Bettes spielen. Es war ihm Medizin! Nachmals in Papa Schmids Marionettentheater saß Franz Graf Pocci – wie oft! – mitten unter den Kindern und nahm Anteil am Spiel wie sie: mit lärmendem Händeklatschen, Fußtrappeln und fröhlichstem Gelächter. Immer war Pocci mit Kindern im Gespräch; er wusste: es will angesprochen sein: »Wer schaut zu? Ein Has, ein Rab' – und ich und Du!« (Schattenspiel 1841).

Alle Sorgfalt gilt auch der – unverfälscht echten – kindlichen Sprache; er nimmt das Kind ernst und redet zu ihm ohne Herablassung. In diesem Sinne schrieb er dem Freunde Justinus Kerner: »Nun bin ich daran, ein kleines Lesebuch für Kinder zu schreiben (das Büchlein ›Was Du willst‹ mit dem neuen Schattenspiel). Ich gebe mir Mühe, vor die Kleinen mit einer großen Lebendigkeit der Anschauungsweise und des Vortrags zu treten.«

Der Zeichner vergegenwärtigte das Kind nicht als verkleinerten Erwachsenen, sondern – in Haltung, Bewegung, Kleidung, zusammen mit Tieren und Menschen – als echtes Kind, unverfälscht in seiner Erscheinung, seinem Gehabe:

Kleiner Philosophen vier,
Stehen an der Schulhaustür
Und behandeln lang und breit,
Wissenschaftlich einen Streit,
Denn der Hans erklärt, es sei,
5 soviel als 2 mal 2.
(Kunterbunt)

Er lebte in ihrer Welt und war heimisch darin, als Mensch wie als Künstler: »Ihr, die ihr nicht wollt Kinder sein, / Geht nicht in meinen Garten ein«, entschied Pocci im Vorwort zum ersten Band seiner »Geschichten und Lieder mit Bildern«.

Auch Kasperls Schlussrede im 6. Aufzug des Schattenspiels »Kasperl ist überall« kommt darauf zurück:

Ja, das Weinen wie das Lachen
Bleibt mit vielen andren Sachen
Stets auf Erden in der Mod',
Und der Kasperl wird nie tot. ...

Ich verzichte auf die Alten,
Will mich zu den Kindern halten:
Kinder nur ob groß ob klein,
Sollen's Publikum mir sein.

Isabella Braun nannte die Kinder »Poccis echte Leibtrabanten« und schrieb (1876) in den »Jugendblättern«: »Vor welchem Münchener Kind stände nicht leibhaftig seine hohe, schlanke Gestalt, mit dem langen wohlrasierten Gesicht, dessen graue Augen so geistvoll und freundlich durch die Brille schauten, wie er noch in seinen späten Tagen leicht beweglich dahinschritt, alles rasch beachtend, festgehalten von Bekannten oder im Vorübergehen einen Scherz zurufend, wohl auch hinterrücks eifrig plaudernden Schulmädchen an der Haarflechte ziehend, oder losen Buben einen gelinden Klaps mit dem Stocke versetzend, zum höchsten Jubel des glücklichen Empfängers.«

Kurz vor seinem Tode wandte sich Graf Pocci an die Mutter seines Enkels mit der ganz besonderen Bitte: »Daß man mich nicht vergesse; sage dem kleinen Buben, daß er einen langen Großpapa gehabt hat, der oft viel mehr des Guten gemeint, als er tun konnte, und daß er so und so, ein ganz passables Subjekt gewesen, nicht selten ein verkannter Europäer.«

Er war darauf bedacht, seinen und allen Kindern nur das Beste zu geben, ihrem Herzen das Gute, Menschenfreundliche zu erschließen; ihr Tun auf das Friedliche, Verträgliche zu lenken, nicht zuletzt im Sinne des Mithelfens, Mitleidens: was das Leben sättigt, nicht verzehrt, befleckt, zerstört. Bedacht auf das Ethische und Religiöse, mahnt Poccis Kinderbrief: »Nun sei recht lustig, aber auch recht brav und gehorsam!« Wie fein z.B. ist die kleine Wendung, die Pocci dem Märchen vom »Rothkäppchen« gibt. Hier ist der »böse« Wolf ein verzauberter Sohn der guten Waldfee. Nicht nur im Leben, auch im Märchen muss Komik sein: deshalb wird Heriwolfs Freund, der Zwerg Gübich, in einen Mops verwandelt. Dass beide am Ende aus der Tiergestalt befreit werden, versteht sich von selbst: in Märchen endet es für die Guten immer gut. So schließt das Stück mit dem zum Herzen der Kinder gehenden Gespräch: »Rothkäppchen: Wer bist du, schöne Frau? und du, schöner Jäger? Bin ich denn selbst verzaubert? – Waldminne: Verzaubert bist du nicht, aber du bist in das Reich der Phantasie versetzt. – Heriwolf: Und in die Märchenwelt. Komm mit mir auf mein Schloß! Deinen Kindern und Kindeskindern magst du einst selbst erzählen, das Märchen vom Rothkäppchen.«

Wahre »Schatzbehälter von Geschichten und Bildern« sind Poccis »Münchener Bilderbogen«, sein »Lustiges Bilderbuch«, voll von Rittern, Pelzmärteln, Chinesen, Zwergen usw., die »Lustige Gesellschaft« aus Drachen, Rittern, Zauberern, türkischen Großwesiren, Zigeunern und Schneemännern.

Poccis legt seine Freude an der Poesie in »Dornlöslein« der Hermine in den Mund:

Ist nicht die Poesie des Lebens Schönstes?
Sie windet Blumen in den dunklen Kranz,
Der ernst sich oft um unsre Stirne wölbt;
Ist sie nicht auch der Regenbogenschimmer,
Der düstre Lebenswolken überspannt?

Mit Vorliebe pflegte Pocci das Schattenspiel, da es so ungezwungen leicht Poesie, Malerei und Musik miteinander verbindet, entsprechend dem künstlerischen Grundsatz: »Ein nagelneues Büchlein: / Geschichten, Lieder, Bilder auch / Und Weisen wohl zu singen.«

Im Schattenspiel trug die Musik (mit Lied und Spiel) das Meiste zur – entspannten – Unterhaltung bei und versetzte das wuselige Völkchen in die rechte – erwartungsfrohe – Stimmung:

Willkommen sei uns, stille Nacht,
Die dieses Zauberspiel gebracht.
Da sitzen wir gedrängt in Reihn,
Uns der Betrachtung ganz zu weihn.
Gestalten sollen her und hin,
An unserem Blick vorüberziehn.

Setzt, Kinder, Euch in Reihen hin,
Erfasset wohl den tiefen Sinn,
Der in so manchem Verslein liegt,
Wenn Bild an Bild vorüberfliegt.

Poccis Schattenspiele, durchtränkt von Humor, leben aus dem Schatz seiner Erinnerungen und Gesichte, seines Wissens um die Nachtzeit der Welt, um die Traumhaftigkeit allen Lebens. Unaufhaltsam tut die Zeit das dunkle Werk. Uns bleibt nur die Trauer des Verlierenmüssens. Der Blick reicht in Winkel der Verlorenheit; für alle, die Augen haben, ist die Menschenwirklichkeit erschlossen. Das lenkt Herz und Sinne –

immer wieder –zurück in die romantisch-»gotische« Zeit, als Erscheinungs- und Erfüllungsform. So erläutert Pocci – aufschlussreich auch im Nebensächlichen – sein Schattenbild einer gotischen Kathedrale (ohne ausgebaute Türme) mit dem Vers:

Hier steht das liebe Gotteshaus,
Der Meßner läutet eben aus.
Das ist die Kirch zur Lieben Frau;
Wie schön ist so ein alter Bau.

Die Liedereinlagen gehen auf seine Beschäftigung mit dem Volkslied zurück; Anregung boten auch die Märchenstücke Ferdinand Raimunds, der in München mehrmals gastierte. Poccis Bibliothek enthielt überdies »Raimund's sämtliche Werke« (hrsg. von Johann Nepomuk Vogl 1855/65); der »Kasperl-Graf« nahm sie oft und gerne in die Hand.

Wahlverwandt war ihm beides: der Dichter wie das Werk. Die Märchenstimmung bei Raimund ist für Pocci zarte Bezwingung; das Spiel der Illusion, in Nähe der Tragikomödie, ergeht sich – nur zu gerne – im Märchen- und Zauberbereich. In Wirklichkeit ist kein Geschehen un-geschehen zu machen, das Leben ist Tragödie, die großen Verfluchungen sind ihr Teil, Segnungen ach so selten! um so häufiger die Kräfte der Hemmung und des Unheils, lastend und trüb; im stillen Walten der Vernichtung ist das Scheitern am Ende gewiss; Blüten und Hoffnungen verwehen, welches Glück wird nicht abberufen mitten aus Hingabe und Genuss! Im überhell hereingleißenden Mondschauer der Erinnerung wird Verlorenes zum Gespenst: Unsägliches an Schwermut und Grauen west im grünlichen Punktglimmen der toten Augen! Antrieb ist allein die Sehnsucht, eine nie erreichte – nie erreichbare – Höhe zu erschwingen, die Licht- und Glücklosigkeit einzutauschen gegen ewigen Tag.

In welche Sphäre entführen dagegen die Märchen- und Zauberpossen, das Schatten- und Kasperlspiel! Sie öffnen Lichtreviere, Pocci, der Romantiker musikverklärter Verse, ist ein Sucher des ungezwungen-natürlichen Frohsinns, singfreudig wie nur ein Kind, von naivem Humor, offen auch dem Klamauk: das muss so sein! Jenes Hinausspielen von der Bühne ins Publikum ist Pocci Bedürfnis, und der drolligste Einfall, die skurrilste Einlage ist (kommt) ihm gerade recht. Immer freilich darauf bedacht, Kindern die rechten Wege – zum Guten – im Lichtgrün der Jugend zu weisen. Ehrfurcht und Moral sind mehr als die Satzung der Verbote! Gleich Friedrich Schlegel erklärte Pocci jede Tugend für eine Art Genialität im weitesten Sinne. Er wusste zugleich und machte es deutlich: dass nur ein fröhliches Herz, edel, hilfreich und gut – selbst im Drachenkampfe – obsiegt, ein traurig Herz dagegen selbst im Mückenkampf erliegt. Wie sehr wusste gerade Pocci um die innere Traurigkeit unter dem Todesschwarz der Stimmung und Einsicht von endlosem Tiefgang und Wirkungskreis. Wie gönnte er und wie sehr ermöglichte er der Jugend das fröhliche, unbeschwerte Lachen, von dem er gleichsam die letzte Vollendung seines Wesens und seiner Aufgabe erfuhr.

»Diese Eigenschaft, harmlos zu scherzen und dabei doch recht lehren zu können«, schrieb auch L. Hirschberg im Vorwort zum Silhouettenalmanach »Ein verschollener Schwarzkünstler« (Berlin 1910), »macht ihn zu dem unvergleichlichen Kinderdichter und Kindermaler, zu der ganz populären Figur des Kindergrafen, dessen hohe amtliche und gesellschaftliche Stellung man vollkommen vergaß, wenn man ihn auf der Straße mit seinen Lieblingen scherzen und plaudern sah.«

»Der Klassiker der Puppenkomödie«, wie ihn Franz Pocci (Enkel) nannte, unterhielt fremde Kinder so gerne wie die eigenen. Wann immer es ging, rief er die Kleinen zusammen. »Der alljährliche Aufenthalt auf dem Lande mit meinen Kindern veranlaßte mich, eine Reihe kurzer dramatischer Spiele zu schreiben«, berichtet Pocci selbst im Vorwort zu den dramatischen Spielen. »Die Exzellenz«, schrieb Enkel Franz im Sammelband aus früheren Werken des »Kasperl-Grafen«: »Für fröhliche Kinder«. Er »versammelte am Sonntag die Dorfjugend im Schloßgang, um ihr selbst die Hauptprobe der eben vollendeten Kasperlkomödien vorzuspielen. Des Jubels war kein Ende, dem Verfasser ein Beweis, wie gut sein Witz und Humor den Ton getroffen hatte.«

Pocci wandte sich erst um 1840 der Dichtkunst zu; bis dahin hatte er nur kleine, anspruchslose Verse zu Kinderbilderbüchern geschrieben. Die zweite Schaffensperiode erbrachte u.a. – in Zusammenarbeit mit Freunden – die Sammlung »Geschichten und Lieder mit Bildern« (1841-1845); sie enthalten – neben Märchen, Erzählungen und Gedichten – auch die ersten Schattenspiele des »Kasperl-Grafen«.

Das Schattenspiel war zur Zeit der Romantik – in vielen Familien, v. a. bei Familienfesten – überaus beliebt. Achim von Arnim, der 1813 das Schattenspiel »Das Loch oder Das wiedergefundene Paradies« verfasste, Christian Brentano, von dem das Schattenspiel »Der unglückliche Franzose« (1816) stammt, und Justinus Kerner waren mit dieser Gattung von Jugend auf vertraut. Kerner, »Romantiker vom Scheitel bis zur Sohle; Romantiker mit Äolsharfe und Sargzimmer, Mesmerist und Magnetist, einem rein vegetativen Willen in der Natur ergeben« (Herbert Cysarz), sah 1808 in Tübingen erstmals (chinesische) Schattenspiele und meinte später zu Ludwig Uhland: »Das Fach der Marionetten- und Schattenspiele stünde einem wahrhaftig noch recht zur Bearbeitung offen.«

Uhland, der die Entstehung der »Reise-Schatten« mit Aufmerksamkeit verfolgte, redete Kerner im Brief vom 26. April 1809 dringlich zu: »Du sollst mehreres auf diese Art bearbeiten. Du würdest ein neues und den ästhetischen Theoretikern noch nicht bekanntes Genre, das Schattenspiel begründen.«

Kerners »Reiseschatten«, erstmals 1811 unter dem Pseudonym eines »Schattenspielers Lux« veröffentlicht, enthalten im Anhang ein chinesisches Schattenspiel, »König Eginhard«. Sie geben zugleich Aufschluss über die Art der Vorführung: Puppen (aus Pappe oder Holz), die ihre Schatten werfen, zwischen Wand und Lichtquelle gestellt. Die Figuren – ohne Einzelbewegung – ergeben lediglich Szenenbilder, wie sie auch bei einer Zauberlaterne (Laterna magica) verwendet wurden. Eduard Mörike, ein häufiger Gast im Kernerschen Hause, gedachte in seinem Künstlerroman »Maler Nolten« (1832) des Schattenspiels für Kinder. Gräfin Constanze berichtet von der schönen Erfindung der Zauberlaterne; in der Kinderstube wisse man davon freilich nur den »allerdürftigsten Gebrauch« zu machen: »Die Bilder müßten Zusammenhänge haben, eine Geschichte, ein Märchen begleiten, das jemand daneben erzählte, ja eigentlich sei die Zauberlaterne so recht der Märchenpoesie zum Dienst geschaffen.«

Erst Pocci hat in seinen Schattenspielen diese Forderung erfüllt und alle Erwartungen befriedigt. »Seine Begabung auf verschiedenen Kunstgebieten«, schrieb Georg Jacob (1901) in seiner »Geschichte des Schattentheaters im Morgen- und Abendland«, »... seine Vorliebe für die Kinderwelt, für das Volkstümliche, Romantische, seine angeborene satirische Neigung mußten ihn auf das Schattenspiel führen.« Da er sich als Medium, als Mittler zwischen Kind und Bild betrachtete, lieferte er zu den selbstentworfenen Schattenbildern auch die Texte. Franz Pocci (Enkel) erinnerte sich, dass sein Großvater im dunklen Raum mitten unter den Kindern saß, Verse vortrug und Geschichten erzählte, zu denen die Bilder an der Wand erschienen. Großmutter und Tanten warfen – teils durch Stellung ihrer Hände, teils mit Hilfe von Papierausschnitten – Schattenbilder an die Wand. Im »Lustigen Bilderbuch« hat Pocci die Kinder um eine Laterne magica geschart und zeigt ihnen das Schattenbild »Napoleon«:

Das erste stehende Schattentheater wurde 1784 durch François Dominique Séraphin, in Paris, Palais Royal, eröffnet; es bestand bis 1858. Mit mehreren Künstlern zusammen versuchte Alexander von Bernus (1880-1965) in München eine Wiederbelebung des Schattenspiels: die Schwabinger Schattenspiele (1907) waren das erste deutsche Schattentheater. Es inszenierte u.a. auch Poccis romantisch-phantastisches Schattenspiel »Odoardo« (für Erwachsene, 1869 gedruckt bei Theodor Ackermann). Zwei Kindervorstellungen, zu denen der deutschbaltische Zeichner, Illustrator, Aquarellmaler und Bibliophile Rolf voll Hoerschelmann (1885-1947) die Schattenfiguren entwarf, boten Pocci-Stücke: »Casperl wird reich« und »Kasperl unter den Wilden«. Ihnen wurde allerdings der Text der Puppenspiele zugrunde gelegt, obgleich Pocci beide Stücke als Schattenspiele geschaffen hatte.

»In München wirkt Poccis Geist nach verschiedenen Richtungen hin fort«, hatte G. Jacobs 1901 geschrieben. »Zu bedauern bleibt jedoch, daß die dortige berühmte städtische Pflegestätte seiner Kasperl-Muse die Bestrebungen des Künstlers auf dem Gebiet des Schattenspiels nicht fortzuführen wußte.«

Alexander von Bernus nahm die Anregung auf; 1909 erschienen seine »Sieben Schattenspiele«.

Pocci, der »Kasperl-Graf«, ist auch ein Klassiker des Schattenspiels. Dieser Teil seines Lebenswerkes, der zweiten Schaffensperiode zugehörig, in der auch seine schönsten Kinderbücher entstanden, ist – in Anregung und Vorbild – ganz der Romantik verpflichtet. Sie hatte nicht nur die deutsche Vorzeit, das deutsche Mittelalter erschlossen, ihm den eigenen Rang und Mythos verliehen, sondern auch die Geheimniswelt des fernen Ostens: flutgleich im Strom der Märchen und Rätsel, der Erzählungen und Sagen. Von dort kam auch das Schattenspiel. Eingefügt dem ästhetischen Zauberreich der deutschen Romantik, dem Kosmos ihrer magischen Worte und Chiffren, ihrer Träume und Bilder mit dem geistigen Augenaufschlag des Unsagbaren. Einiges an Mitteilung und Vermittlung dankte Pocci gewiss dem Umgang mit Gelehrten und Dichtern. Professor Friedrich Windischmann (1811-1861), Abt Haneberg, Rückert und Kerner (jeder von ihnen mit eigenen Beziehungen zum Schattenspiel). Pocci kannte überdies Othmar Frank, den Orientalisten, und den Übersetzer arabischer Texte, Marcus Joseph Müller (1809-1874), in München Professor der orientalischen Literatur, der u.a. in der Bibliothek des Escorial arabische Handschriften erforschte und wichtige Kopien der Bayrischen Staatsbibliothek hinterließ.

Das erste Schattenspiel Poccis, »Herein, herein«, erschien 1841 (im 1. Band der »Geschichten und Lieder mit Bildern«), das zweite, »Hier erscheint der Kritikus« 1843 (im 2. Band jener Sammlung).

Das Schattenspiel von 1847 umfasst 29 Blätter. Der »Osterhas« (1851) enthält das Stück »O Schattenspiel, Du lustig Blatt«. Die ersten Schattenspiele Poccis haben die einfachste Form: eine zusammenhanglose Reihung von Gestalten und bestimmten Lebenssituationen. Unverwechselbar eigen ist die Gruppe charakteristischer Pocci-Figuren; sie erscheinen immer wieder: Gestalten aus der deutschen Märchenwelt, aus dem Jahrtausend des deutschen Mittelalters. Wir sehen den Nachtwächter mit der Laterne auf immer gleicher Runde; Kinder, Bauern, Musikanten, Hirten, Jäger und Postillione; Klausner, nah der Legendenstille, tief eingelebt in selige Waldeinsamkeit; das Erdvolk der Zwerge und Wichtel; die Kleinwelt menschennaher, menschenvertrauter Kreatur: der Hunde, Katzen und Vögel; Form- und Duftschönes aus dem Paradieseserbe: die Bäume, Blumen und Gräser, konturenzart; ein Ritter, eisenbewehrt und hoch zu Ross: kühn in dunkler Drohung. Mit im Zuge sind exotische Leute: Türken, Chinesen, scharfen Glanz im dunklen Gesicht.

In rußschwarzer Nacht hebt sich die Stille über Dorf, Wald und Flur zur Sternenhöhe. Licht ist – endliche – Gewährung aus – ewig – dunklem Grund; über dem uferlosen Strom des Firmaments zieht die Fähre des Mondes in einer Heerschar von Sternen ihre einsame Bahn. Tröstliches – so fern – überfunkelt die Nacht. Das Leben ist ein Schattenspiel, und schattengleich vergeht alles, all dies aber bedingt – geheimnisvoll – Licht, weckt, nährt die Hoffnung auf ewige Sonnentage.

Mehrere Schattenbilder sind dem religiösen Leben entnommen: Weihnachtsbilder im Zauber der Erwartung und der Winterstimmung, und aus Dunkelstem hebt sich, wunderbar ahnungsreich, das Licht-Feuer ihrer Mystik.

Ein Fest der Augen ist die Darstellung der Kinderprozession; knappe Merkverse begleiten einen Totenzug, einprägsam aus dichtem Empfinden. Das Schattenspiel in fünf Aufzügen »Was Du willst« (1854) ist Poccis beste Wort-Bild-Erzählung. Eine reizvolle Mischung aus Vers und Bild. Ein stimmungsvoller Eingang: der Hirsch tritt aus dem Abendwald, Mond und Sterne ziehen auf, Ruhe tritt ein im Wachsen der Dämmerhelle, wundersame Stille erfüllt die Natur und die Menschenwelt; Hüter in schlafender Welt ist der Nachtwächter allein. Waldeinwärts zieht ein Hirsch, die sichere Beute des Jägers.

Das Stadttor ist Schauplatz wogenden Lebens: die Bürgerwehr zieht auf, welche Beflissenheit! Soldaten marschieren singend vorüber; fröhlicher Gesang kommt aus der Schule, er ist Einstimmung in die Kinderwelt. Die weitere Szene beherrschen Kinderstreiche.

Zu Ende des 1. Aufzugs erzählt Pocci vom Dom, von der Prozession und dem Küster mit großem Schlüssel. Im Hintergrund steht – hoch und segnend – die heilige Zeit: Jugend und Leben im Ring der Jahreszeiten, durchseelt von jasagender Güte.

Der 2. Aufzug vergegenwärtigt einen Bauern, der sein Korn zur Waldmühle bringt; im weiteren Handwerker und Gelehrte; Bilder der Feuersnot folgen, im Anschluss daran das Fernste und Nächste, so fremd wie gewiss: Himmel, Tod und Friedhof, der dunkle Gottesacker.

Leichteste Zugänglichkeit kennzeichnet auch die weiteren Aufzüge. Den 3. Akt bildet die – märchenhafte – Geschichte vom Kasperl bei den Menschenfressern (Stoffgrundlage für Poccis spätere Kasperl-Komödie »Kasperl bei den Wilden«). Ein Außerordentliches an sprachschöpferischer Drollerei durch lautmalende Wortkaskaden ist Poccis Chor der Menschenfresser. Unsinnige Verse ergeben zum Tun der »Wilden«, im besonderen zum Vorgang des »Auffressens« die sinnanklingende Untermalung:

Spissi spassi Casperladi
Hicki hacki Carbonadi
Trenschi transchi Apetiti
Fressi frassi fetti fitti
Schlicki schlucki Casperluki
Dricki drucki mameluki
Michi machi Casperlores
Spissi spassi tschu capores.

(Neues Schattenspiel 1854)

Der Beschwörungswirrwarr des Astronomen ergeht sich in überkommenen Formen: »Hocus pocus, Locus cocus, Hacus dracus, Vacus cnapus, Himus drimus, Teufel minus!« (»Kasperl ist überall«).

Im 4. Aufzug erzählt Pocci die Geschichte von den zwei Hasen, die sich in Wald und Flur »etwas Gutes« holen. Wer aber lebt gefährdeter (und deshalb auch ängstlicher) als Meister Lampe? Der Jäger kommt; ein Schuss: »Wupps, wupps, zwei Häslein fallen her.«

Den 5. Aufzug – mit dem lustigen Bild vom Jahrmarkt – beschließt ein Puppenspiel für die Kinder. Das Ganze ist so anspruchslos wie kindertümlich.

1856 erschien (im Bilderbogen 171/172) das »Bilderbogen Alphabet«. Silhouetten in den Buchstaben B, E, K, L, Q, U, H:

Im Walde läuft ein schwarzer Bär,
Den fürchten alle Kinder sehr.

Einhorn gar ein wildes Tier,
Seht treu ihr abgebildet hier.

Kaminfeger als wie die Krähen
In ganz pechschwarzen Röcken gehen.

Der Luftballon fliegt in die Höhe,
Fällt wer heraus, tut er sich weh.

Der müde Wandrer sucht Quartier
Und sehnet sich nach Brot und Bier.

Will jemand wissen ›wie viel Uhr‹,
Hat er auf den Turm zu schauen nur.

Der Luftballon fliegt in die Höh,
Fällt wer heraus, tut er sich weh.

Das »Große Schattenspiel«: »Kasperl ist überall«, eine Mischung aus Vers und Prosa, (1856) im 2. Jahrgang der »Jugendblätter« mit Silhouetten veröffentlicht, ist das einzige dramatische Schattenspiel des »Kasperl-Grafen«.

In seinem ersten Schattenspiel stellte Pocci den Kasperl mit den Worten vor: »Hanswurst gehört ins Schattenspiel Und macht der lust'gen Streiche viel.« Er beherrscht die Szene allenthalben. Poccis Schattenspiele, Verserzählungen in vierhebigen jambischen Reimpaaren, sind eine seiner schönsten Gaben an die Kinder. Es war Philipp Otto Runge, der forderte: »Kinder müssen wir werden, wenn wir das Beste erreichen wollen!« Dem Spätromantiker Pocci blieb dieses Wort des ersten romantischen Künstlers schöpferisch gegenwärtig; er bewahrte sich den schlichten Kindersinn bis ins hohe Alter, in seiner Kunst vorzüglich den Kindern zugewandt. Auch das Schattenspiel ist in Vers und Silhouette der kindlichen Auffassung sehr fein angepasst. Es entspricht Poccis romantischem Grundgefühl, der Natur auch im Schattenspiel Vorrang zu geben. Wir wissen, wie sehr er die Worte »Waldeinsamkeit«, »Sonnen- und Mondschein« liebte; er hatte das Ohr für die Waldhornklänge der deutschen Romantik, das Auge für romantische Urlandschaften in Ferne und Fremde, ewig rastlos, ewig verloren, ewig auch geborgen im heimatlich Nächsten, bedürftig der gnadenvollen Ruhe des Abends. Im Leben und Weben der Natur öffnete sich ihm ein Fabelland; was immer in Feld und Flur geschah, in mondschauerndem Gespensterwald, in wildwucherndem Park, voll Erinnerungstraumspuk, erregte Poccis Phantasie. Er empfand der Ruinen große Elegie ebenso mit bewegtem Innensinn wie den Wuchtbau von Burgen mit grauem Rauhgemäuer, umwittert vom Grabeshauch der Vergangenheit. Der erste Aufzug des »Neuen Schattenspiels« (1854) enthält eine breite Naturschilderung: wiedergegeben ist die Ruhe des Abends als Teil einer ewig-friedesamen Natur, das leis-mächtige Anbranden des Morgens am Himmel gleicht einem purpurschimmernden Meer. Pocci empfand hierin die Paradiesesfrische und den Lichtjubel der erwachenden Landschaft, von eigener Art und Fähigkeit, die Heimat-Welt zu erleben mit tiefem Gemüt:

Und auf weiter Flur kein Laut mehr hallt ...
Und unter dunklem Schleier nun
Die Kleinen wie die Großen ruhn.
Doch allgemach wird's wieder helle ...

Franz von Pocci: Lithographie »Turnier«
(in »Der Osterhas. Eine Festgabe für Kinder«, 1850)

Pocci bewahrte sich seinen Kinderglauben. Kindliches Vertrauen bestimmt seine Religiosität, entschwert seine Melancholie, beschwichtigt seine Lebensangst, hellt einsamste Bangnis auf. Es ist das Empfinden, allzeit vor Gott, dem »Vater«, zu stehen, wieviel auch der »ewige Ratschluß« dem Tode zubringt, was immer auf Erden – als einer furchtbaren Richtstätte – geschieht an Elend und Leid im Ring der einen Tragödie, die »Leben« heißt. Fackelträger des Friedens ist allein der Tod.

Guido Görres, dem »Geistlichen Biedermeier« zugehörig, beurteilte – im »Hausbuch« – Poccis Schattenspiele: »Eine einfache, derbe gesunde Kinderkost, die nichts anderes scheinen will, als was sie ist, Bilder, wie sie das Leben abwechselnd darbietet, bald ernsthaft, bald scherzhaft, bald dem alltäglichen Treiben, bald der heiligen Geschichte entlehnt, ein Schattenspiel, das zwar nicht immer von Bildung und Moral redet, das sich der Sonne freut und darin herumspielt, aber dabei den nicht vergißt, der sie scheinen läßt.«

Schon als Fünfjähriger hat Pocci einen Wurstel gezeichnet, zusammen mit Jäger, Teufel und Tod. Die Figur des Hanswurst mit hoher filzener Spitzmütze und langer Gurkennase erscheint seit 1843 auf zahlreichen Bildern des »Kasperl-Grafen«. Wie eine Ankündigung ist der Titelumschlag für das 15. Heft des »Festkalenders« von 1837 (zu dem Pocci viele Steinzeichnungen schuf) mit »Kasperl vor dem Guckkasten« (siehe Bild).

Im 2. Band der – als Fortsetzung des »Festkalenders in Bildern und Liedern, weltlich und geistlich« betrachteten – »Geschichten und Lieder mit Bildern« (1843) ist eine Erzählung ausschließlich »Hanswurst« gewidmet. Erstmals ist hier auch das Kostüm beschrieben, das er auf seiner kleinen Bühne bis zu dieser Stunde trägt: »Da zog er eine rothe Jacke an, nahm gelbe Höslein und malte sich ein großes Herz auf seinen Brustlatz, damit die Leute gleich von vorne herein wüßten, daß er ein herzhafter Bursche sei.«

»Mein äußeres Tragen«, so beschrieb sich Kasperl selbst in einem alten Augsburger Puppenspiel, »ist gewöhnlich eine rote Jacke, ein grüner Brustlatz, ein weißer, langgezackter Kragen, gelbe Hosen und ein mächtiger Hosenknopf und ein grauer spitzer Hut.« Langsam gewinnt Poccis Kasperl Umriss und Gestalt, als Lokalfigur voll Humor: »Das Liebste aber ist mir doch, / Wenn Kasperl guckt aus seinem Loch« (Münchener Bilderbogen 1856).

Im 3. Band der »Geschichten und Lieder mit Bildern« (1845) wird erstmals ein Stück als »Puppenspiel« bezeichnet, ohne dies im eigentlichen Sinne zu sein. Es gibt keine eigentliche Handlung, auch keinen Dialog; im Wechsel von Vers und Prosa wird lediglich in 8 Szenen der ungefähre Ablauf einer Kasperlvorstellung erzählt. Franz Pocci (Enkel) schrieb hierzu im Vorwort zum »Lustigen Komödienbüchlein« (1921): »Die ›Münchener Kasperldramaturgie‹ möchte ich es wohl nennen, wenn ich Kleines mit Großem vergleichen darf. Dramaturgie, weil das Spiel z.T. in Versen mit eingeworfenen Bemerkungen des Regisseurs und des Publikums uns in lebendiger Anschaulichkeit die Inszenierung und Entwicklung einer Puppenkomödie wiedergibt.

In diesem Stück kommt allerhand vor,
Zum Beispiel: Musik, Ballett und Chor,
Verschiedene Blitze mit Donner vermischt;
Neue Dekorationen werden aufgetischt
(aus: Puppenspiel – Prolog des Hanswurst)

Wie so oft in seinen Karikaturen ironisiert sich der Dichter selbst, wenn er nach diesem Prolog das mit den Füßen stampfende Publikum sagen läßt:

Und welch ein Titel! die Verse wie schlecht,
Nicht einmal das Silbenmaß ist recht.

Mehrmals bedauerte Kasperl-Pocci auch seinen begrenzten Aufgabenbereich, enttäuscht zugleich über das mangelnde Verständnis der Zuschauer:

Man ist jetzt zu gescheit, ich bin veraltet,
Der Sinn der Welt ist allzu sehr erkaltet ...
Man schämt sich beinah noch zu lachen.

In den »Dramatischen Spielen für Kinder« (1850) begegnet uns Kasperl als Prologsprecher, wie später noch im »Büchlein für Kinder« (»Was du willst«); es bietet das erste Puppenspiel mit eigentlich dramatischer Handlung: »Kasperl in der Türkei«. Von diesem »grausamen Lustspiele« meinte die »Neue Münchner Zeitung« am 24. Dezember 1853: »Wer den ›Kasperl in der Türkei‹ liest und nicht froh würde, in dessen Seele müsste unheilvollste Windstille sein.« Das »Lustige Bilderbuch« (1852) enthält die illustrierte Verserzählung »Kasperl auf der Jagd« (S. 28-32):

Kasperl auf der Jagd.

er Kasperl, Hanswurst genannt,
Von allen Kindern wohlgekannt,
Wollt' eines Tages jagen geh'n,
Weil er's von Andern hat geseh'n;
Hat sich einen Ranzen umgethan
Und eine Flinte ohne Hahn,
Auch eine Flasche Branntewein,
So macht' er sich denn auf die Bein'.
Pulver und Blei hat er zu Haus gelassen,
Denn damit ist nicht gut zu spaßen.
Gleich auf der Wies' ein Hase hocket,
Da ist der Kasperl sehr erschrocket,
Ein Has der ist ein grimmig Thier;
Der Kasperl setzt sich nieder hier,
Er muß vor Schrecken etwas schnaufen,
Denn der Has ist gleich davon gelaufen.

schwarze Nacht, o schwarzes Dunkel,
In dem kein lieblich Sterngefunkel,
O Nacht, so schwarz wie Kohl' und Pech,
O Nacht, wärst du nur wieder weg!
Im Dunklen kann so viel gescheh'n,
Was man mit Augen nicht mag seh'n;
O schwarzer Wald, o dunkle Nacht,
Du hast mich in die Patsch' gebracht!

Dies ist die kohlpechrabenschwarze Nacht,
Die Kasperl im Walde zugebracht.

Die Gestalt des Kasperl beschäftigte Poccis Phantasie und entsprach – aus der Spannung von Gegensätzen – einem satirischen Naturell. Burlesker Humor überbrückt ewig Unvereinbares, Melancholie lauert dem Geist auf: nur die Heiterkeit befreit, die lachende, lächelnde Resignation des Weisen. Zwischen Geist und Sinnlichkeit klafft – ewig – ein Abgrund, in den der wohlmeinende, idealistische Mensch voll sucherischer Hoffnung nur zu leicht versinkt. Allein die leblose Puppe, gehalten vom dünnen, (fast) unsichtbaren Draht, tanzt, schwebt darüber hin. Was dort Passion werden kann, Akt des Leidens, ist hier Schau-Spiel allein, das ein – ach so winzig kleines! – Schicksal gestaltet: unwahrscheinlich glücklich, unwahrscheinlich tragisch, überraschend grotesk in Färbungen und Schwebungen. Es befreit uns dennoch aus der kaum entzifferbaren Tiefe unserer Natur, aus der Seelenwirrnis zwischen Maske und Realität. So folgt aller Trauer am irdisch Gegebenen, an einer nahen, bedrückenden Wirklichkeit, allem Leiden an der unerhellbaren Natur, der unerreichbar fernen Wahrheit das erlösende Gelächter. Wilhelm von Scholz (1874-1969), Kunsttheoretiker, Lyriker, Dramatiker, im Besten von gestaltender Genialität, verkündet in »Doppelkopf«, einer »Groteske« für Marionetten:

Was sind wir Menschen doch für arme Kreaturen!
Wie bald verlöschen nicht auf Erden unsre Spuren!
Tun wir auch groß und stolz mit Gesten und mit Reden,
Hält uns nur höhere Macht an unsichtbaren Fäden.
Läßt sie die Fäden los, wie eben hier geschah
Mit unserm Doppelkopf, so liegt die Puppe da.

Pocci griff weniger hoch; seine Puppenspiele galten vorzüglich der Jugend und breiteren Schichten des Volkes, im Dienst der einen (guten) Aufgabe: sie lachen zu machen. Die stereotyp komische Kasperl-Figur – als Handpuppe wie als Marionette – war ihm gerade recht. Er weiß und will, was der Jugend, dem Volk vertraut ist, lieb und wert: in Sagen und Märchen, im geschichtlichen und im wirklichen Leben. Wenig nur ist frei erfunden, das meiste schöpfte Pocci aus dem Quell volkstümlicher Überlieferung, er macht daraus eigenartig Neues, mit künstlerischem Geschmack. Satirischer Geist durchdringt die alte – strömende – Märchen-Tradition, rein persönliche, literarische, politische oder romantische Ironie gibt ihr Farbe und Leben. Eigenstes ist hierin frei geworden und – in Gehalt und Form – zur Darstellung gelangt. Pocci verschmolz volkstümliche und literarische Elemente, verwirklichte den romantischen Marionettenstil im Märchenspiel, schuf damit die Voraussetzung zu einer volkstümlich-literarischen Marionettenbühne, der »Papa« Schmid nachmals in – gleichsam vorbestimmter – achtzehnjähriger Zusammenarbeit mit Pocci klassischen Rang gab, bestätigt in breiter Wirkungsgeschichte. Alles, was Pocci »für die Kinderwelt schrieb, strotzt von Humor und unterhält jung und alt«, schrieb »Papa« Schmid am 5. September 1858 an Pocci, dessen Puppenspiele Humor und Moral verbinden von dem einen, echt pädagogischen Gedanken aus: die Kinder fröhlich und gut zu machen. »Mit welcher Liebe ist er zu den Kindern erfüllt und stets darauf bedacht, durch Schrift und Bild auf deren Gemüt wohltätig zu wirken.«

In einem Rückblick berichtete Pocci selbst über »Das Marionettentheater in München«: »Manchem der Stücke hatte ich bekannte Märchenstoffe unterlegt, wo nicht den Stoff selbst erfunden, und ich darf mir zugestehen, daß einzelne mit Weglassung des Kasperl und bei größerer Ausführung zu brauchbaren Volksstücken in Raimunds Weise wohl zu bearbeiten wären, wie z.B. Dr. Sassafras, Prinz Herbed, das Eulenschloß, Laurin, Kalasiris u.a. – V.a. beabsichtigte ich auch, die Figur des Kasperl etwas höher zu greifen und sie der gemeinen Sphäre, in der er sich bisher in allen Marionettentheatern bewegte, zu entrücken. Ich machte aus ihm den humoristischen Realisten, dessen Lebenszweck so ziemlich lediglich Essen und Trinken; vermied aber dabei alles Zotenhafte, selbstverständlich um so mehr, da ja das Theater zunächst die Kinder als Publikum hatte, obgleich es allmählich nicht minder von Großen gefüllt war. Der Unternehmer Schmid hat wirklich eine wahre Manie für die Sache, denn sein materieller Gewinn ist unbedeutend und seine Mühe groß. Er spricht den Kasperl selbst mit viel Humor und Lust, so daß er auch außerhalb der kleinen Bühne selbst zum Kasperl geworden.« [3]

Schon im Vorwort zu den »Dramatischen Spielen für Kinder« (mit 6 Bildern und Singweisen, 1850), die seine wachsende Neigung für Volks- und Kinderstücke spiegeln, hatte Pocci hierzu erklärend angemerkt, dass es dem Verfasser um »Kinderspiele« gegangen sei, in denen er »durch oft märchenhafte phantastische Färbung von der gewöhnlichen Art trockener, moralisierender Jugenddramen abweichen zu können glaubte.«

In den Sommerferien 1846 bis 1849 hatte Pocci auf Schloss Ammerland am Starnberger (Würm-)See Marionettenaufführungen veranstaltet: dort spielte er seinen Kindern und jungen Dorfbewohnern auf einer improvisierten Bühne hinter einer spanischen Wand aus dem Stegreif lustige Kasperlstücke vor.

[3] Die deutsche Sprache übernimmt das Wort Marionette erst um 1700

Er pflegte hierin zunächst den Stil des Jahrmarktkasperl, dem Pocci, wie er im September 1858 »Papa« Schmid mitteilte, »stets selbst als der aufmerksamste und teilnehmendste Zuschauer« begegnet war. Einzelne Szenen spielte Pocci zusammen mit seinen Kindern als Familienunterhaltung. Über die Stoffe wissen wir nur ungenau Bescheid. Fest steht lediglich, dass sich Pocci an das Handpuppentheater der Dult hielt und die Kasperlfigur hierin die wesentliche Rolle spielte. Insgesamt wichtige Vorübungen zu seinen Puppenkomödien.

Die symbolische Verbannung der Hans-Wurst-Figur von der deutschen Bühne, 1737 in Gottscheds Auftrag durch die Schauspielerin und Theaterleiterin Caroline Neuber (1697-1760) vollzogen, hatte den Harlekin – mit allen seinen Verkörperungen: als Kasperl, Staberl, Jackerl, Lipperl, Thaddädl, Larifari usw. – nach einem Jahrhundert ganz in das Marionettenspiel abgedrängt. Bis dahin entweder der kontrastierende Räsonneur in der Tragödie oder lediglich ein Glossator der Handlung voll Witz und Humor, ein aktives Mitglied der Komödie, fand er nun unter Kindern und »kleinen Leuten« ein ebenso dankbares wie treues Publikum. Puppenkomödien, in England, Frankreich, Italien und Spanien lang schon bekannt und gespielt, haben in Deutschland – nach Jakob Grimms Zeugnis – eine uralte Tradition.

Später erfolgte eine Neubewertung des Harlekin, nicht zuletzt aus dem Willen, Möglichkeiten zu nutzen, die sich aus seinem Typus, seiner Sprache und Herkunft ergaben. So nahm sich in England Hans Fielding des Harlekins an, sah diesen jedoch vorrangig auf Ironie angelegt. Goethe versuchte Ähnliches in seiner Kleinkomödie »Ein Jahrmarktsfest zu Plundersweilern«, einer Persiflage auf das ungleiche Ehegespann Laroche (La Roche), unter den Masken der »Esther und des Hamann«. Doch gab es in dieser Zeit auch schon Stücke ohne parodistisch-satirische Beimischungen. In seiner Autobiographie »Aus meinem Leben. Dichtung und Wahrheit« (1811 ff.) hat Goethe selbst davon erzählt: einem ernsten Puppenspiel um Dr. Faust, den Magier und Schwindler »zwischen gutem und bösem Engel«, danke er die früheste Anregung zu seiner Faust-Dichtung. Die »Zeit der Perücken und Reifröcke« fand so großes Gefallen an der Puppenkomödie, dass sie zu einem echten Konkurrenten des großen Theaters wurde. Goethe fand alljährlich Gelegenheit, ein auf dem Frankfurter Liebfrauenberg aufgebautes Puppentheater zu bewundern; angeregt davon, spielte er zu Hause selbst Theaterdirektor und unterhielt seine Freunde mit Spielen auf der ihm von der Großmutter geschenkten Marionettenbühne. Auch Friedrich Schiller, Richard Wagner u.a. besaßen als Kinder solch kleines Heimtheater und vergnügten sich mit Spielen dieser Art. Nikolaus Lenau (1802-1850), der zeitweilig daran dachte, eine Puppenbühne zu gründen, meinte hierzu: »Das wäre so recht das eigentliche deutsche Volkstheater.«

Harlekin und Kolumbine. Von F. Pocci.

Zu Beginn des 19. Jahrhunderts war allgemein in der höheren Gesellschaft neues, reges Interesse für das Marionettentheater erwacht. Ludwig Tieck z.B. traf 1803, wie er selbst erzählt, in Liebenstein (Thüringen) den Herzog von Meiningen als bewundernden Zuschauer solcher Spiele. Aber erst die Romantiker Arnim, Tieck, Eichendorff wirkten bahnbrechend. Tieck gilt als Neuschöpfer des Puppentheaters, ihm zunächst dienstbar für seine aggressive Parodie. Im dreiaktigen Spiel »Hanswurst als Emigrant« z.B. gilt sein Angriff dem bourbonischen Grafen von Artois – nachmals König Karl X. (1824-1830) und dem unbelehrbar hochmütigen französischen Adel, der sich zur Zeit der Französischen Revolution in die deutschen Grenzgebiete flüchtete. Dem »Prinzen Zerbino«, der Fortsetzung des »Gestiefelten Katers« – beides Dramatisierungen von Märchen des Franzosen Charles Perrault (1628-1703) – fügte Ludwig Tieck ein »kleines moralisches und Menschheitsschwächen verbesserndes« Marionettenspiel hinzu, eine Kleinsatire auf die unterschiedlichen dramatischen Bestrebungen seiner Zeit. Satire wird hierin zu einem Hebel der Fügung, kritische Gelegenheit in einem großen Aufräumen und Reinemachen, aus der Märchenatmosphäre zugleich Gefühlserweckung jenseits von Raum und Zeit. Richtungweisend ist bereits der Untertitel »Prinz Zerbino oder Die Reise nach dem guten Geschmack«. Eine ähnliche Grundhaltung kennzeichnet Achim von Arnims Puppenspiel »Die Appelmänner;« und »Das Loch oder Das wiedergefundene Paradies«, ein Schattenspiel (in Arnims »Schaubühne« von 1813), ebenso das – nachgelassene – Puppenspiel Eichendorffs »Inkognito«.

Pocci, nach Eichendorffs Wort (in dem eben genannten Werk), der »letzte Ritter des romantischen Puppenspiels«, erweist sich in seinen Anfängen stilistisch von Clemens Brentano beeinflusst und Ludwig Tieck – in künstlerischer Auffassung und Gestaltung, in der Verbindung von Märchen und Satire – deutlich wahlverwandt. Ihn haben (nicht von ungefähr!) dieselben Stücke wie Tieck angeregt: »Blaubart«, »Der gestiefelte Kater« und die Erzählung vom »Däumling«. Pocci schöpfte zu gleichen Teilen (oder mehr?) aus dem Bestand volkstümlicher Puppenspiele. Das Interesse galt insbesondere dem Kasperltheater, er war diesem schon früh zugewandt. Kasperl tritt in Poccis ersten Werken für die Jugend nur vereinzelt auf, häufiger schon in den Schattenspielen, die als Vorstufe für seine Puppenkomödien zu betrachten sind.

Im »Neuen Kasperltheater« von 1855 ist Kasperl bereits die handelnde Mittefigur aller (acht) Stücke. Ein von Kasperl gesprochener Prolog eröffnet das lustige Spiel und empfiehlt sich bereits »seinem hochgeehrten Publikum« mit den bekannten Komplimenten. Wagt er auch nicht, seinen Zuhörern alles zu sagen, was ihm sein Herr und Meister, der Verfasser, aufgetragen hat (»›Sie wissen schon warum!‹ – ›Ja, warum?‹ – ›Weil der Deutsche in gewissen Beziehungen den Humor nicht vertragen und dem guten Kasperl nicht die Freiheit gegönnt werden kann, wie dem Pulcinella, Cassandrino und Konsorten anderer Nationen.‹«), am Ende des Prologs getraut er sich doch zu versichern, dass »Sie befriedigt aus dem Schauspiel nach Hause gehen werden, entweder, weil's Ihnen gefallen hat, oder, weil S' froh sind, daß 's aus ist.«

Seinen Namen bekam »Kasperl« von dem Wiener Komiker J. Laroche (La Roche) um 1800, der sich als erster in dieser Rolle versuchte und damit am Leopoldstädter Theater (d.h. am Marinellischen Theater in der Leopoldstadt) so erfolgreich war, dass selbst Kaiser Joseph II. (1780-1790) ab und zu erschien und den »Kasperl«, der »als Nachtwächter eine Arie außerordentlich komisch sang«, bald so gut nachahmen konnte, dass sein Privatviolinist Franz Kreibich (1728-1797) eines Tages »herausplatzend rief: »Eure Majestät sind der leibhafte Kasperl!«, wie Karl Ditters von Dittersdorf (1739-1799), zu dieser Zeit einer der beliebtesten deutschen Komponisten neben Haydn und Mozart, in seiner (»dem Sohn in die Feder diktierten«) »Lebensbeschreibung« erzählt.

Kasperl, ein Nachfahre des »Hanswursten«, durch Laroche als Volksfigur beliebt und heimisch gemacht, ist ein naiv-fröhlicher Bauernbursche, mit besonderem Kennzeichen: einem roten Herzen, auf dem Brustflecken aufgenäht. Er beherrschte das Puppenspiel ebenso wie das Marionettentheater, allen – Jung und Alt – unvergesslich bis auf den heutigen Tag.

Durch Pocci bekam die lustige Person des deutschen Volksschauspiels neues Heimatrecht; er stattete »Kasperl« zugleich mit neuen Zügen aus, gab seinem Wesen die gröbere Kontur, in seinem Humor typisch bayrisch, durch seinen Münchner Volkswitz geradezu eine Lokalfigur, »ein zweites, ureigenstes Münchner Kindl«.

Das Puppenspiel ist in München seit Jahrhunderten zu Hause, gibt es auch bis zur Mitte des 18. Jahrhunderts keinen unmittelbaren Beleg für ein Münchner Volkspuppenspiel. Das erste Gesuch eines Marionettenspielers gehört in das Jahr 1751: es stammt von Joseph Mang Hage, meist nur Joseph Hage (Haage) genannt, einem ehemaligen (nach Friedensschluss verabschiedeten) Graf Fuggerschen Dragoner, »dessen Vater in Tyrol bey der Schlacht am Schellenberg harte Plessuren bekommen und dessen Bruder in Ungarn sein Leben sacrificiret hat«. Dem ausgedienten Soldaten gestattete Kurfürst Max III. Joseph »in ansechung sowohl seines Vaters, dermaligen Kirchendieners bey denen P.P. Capuzinern alhier über 40 Jahr: also auch sein über 8 Jahr lang wohl gelaisten Kriegsdiensten mit denen bey sich führenden so genannten englischen Marionetten etlichen commedien spihlen Vnd so andern actiones comicas zur Jacobi-Marktzeit, iedoch modest vnd insolang die Dultzeit andauret, vorstehlen zu derffen«; er solle aber »gehalten seyn die Hütten längstens um 9 Uhr bey vermeidung schwerer bestrafung zu schließen.« Vierundvierzig Jahre lang erschien J. Hage nun – Jahr für Jahr – zur Münchner Jacobi-Dult.

Ein Gesuch aus dem Jahre 1753 belegt, dass ein weiterer »Comediant« und Marionettenspieler »katholischer Religion«, Johann Lind (aus dem Ansbachischen Gernbrunn) in München auf der Jacobi-Dult »zu jedermanns Vergnügen seine Komödien ohne ärgernüss produciret« hat.

1757 erhält der Komödiant und »Wachspostierer« Alfons Roh die gnädige Erlaubnis, während der Dultzeit das »Moralisch Marieten Spiel von der Stürzung des heyl. Joam von Nepomuk« aufzuführen. Sein Gesuch gibt zugleich einigen Aufschluss über das damalige Dultwesen, nicht zuletzt durch die Klage, dass seit »etlichen Jahren lauter frembde Persohnen gespillt, hingegen die hiesige Khünd zuruckh stehen müssen, daß also das Geld außer Landes getragen wird und die hiesige Khünd nichts gewinnen können«.

Franz Paul Aullinger, der Sohn eines Münchner Hofschneiders, mühte sich noch 1757 um eine Spielgenehmigung: »Vnd die von A. Roh käuflich an mich gebrachten Marioneten Gspiel sambt 4 Cons. in den Land produciren zu derffen.« Sie wird ihm 1758 erteilt.

In den 60er und 70er Jahren des 18. Jahrhunderts scheint der Zulauf von Marionettenspielern erheblich angestiegen zu sein. Neue Namen erscheinen, u.a. auch der von Lorenz Lorenzoni laut Hofamtsregistratur 462/95 vom 30. Juni 1764: »Fiat ein Schreiben an den Lorenz Lorenzoni ihm Marionetten und andere actiones comicas zu gestatten.« Lorenzoni mauserte sich nachmals vom Marionettenspieler zum Prinzipal einer Schauspielertruppe; die bemerkenswerte Wandlung ist Frucht einer mit sich einigen Individualität.

Das Zeitalter der Aufklärung, gekennzeichnet durch ein Bestreben, in allen Fragen des Lebens und Denkens »aufklärend« zu wirken, überkommene »unrichtige« Begriffe und Anschauungen durch »richtige« zu ersetzen, versuchte u.a. auch die Schaubühne »zu heben«. Unduldsam rührige Volkspädagogen, Aufklärer mit schnittbereiter Kollektivsense, geschworene Feinde überlieferter Autorität, verstandesmäßig nüchterne Prediger wider den Aberglauben und die Trüglichkeit sinnlicher Wahrnehmungen, allem »Unbewiesenen« zelotisch abhold, ausschließlich der Bedeutung des Verstandes, einer zweckmäßigen Nützlichkeit das Wort redend, stritten sie in einem, wie sie meinten, »allbedeutenden« Kampf auch um die »Läuterung des guten Geschmacks«. Infolgedessen war es den Marionettenspielern bald nur noch erlaubt, »zu offenen Marcktzeiten« zu spielen. Das 1772 erlassene kurfürstliche Generalverbot, gültig für alle Regierungsdistrikte, ließ – durch einen einzigen Federzug – das Ende des Marionettentheaters befürchten: »Nachdem Wir missfälligst vernehmen müssen, daß die einige Zeit hero eingeschlichene Hütten und anderley Spiele meistentheils nur in ärgerlichen, und dahero unduldsamen Vorstellungen bestehen, wodurch die gute Sitte verderbt, und die Posse dagegen befordert wird, so wollen Wir sowohl in als ausser denen Dulten und Markt Zeiten alle Hütten, schlechten Comödien, und Arztenspielle mit Marionetten und Personen nach Ausfluss gegenwärtigen Jahres für allzeit hindurch abgeschafft haben, und nur allein mechanische Stücke, oder andere Künste, auch Schattenspiel und dergleichen auf eine anständige und erlaubte Art zu präsentieren gestatten. Welches Ihr Unserm Gerichtsbeamten, dann Stadt und Märkten in Eurem Regiments Distrikt der genauen Darobhaltungswillen zu bedeuten, und selbe dahin anzuweisen hat, dass sie derley Leuthen also gleich den Auftrag machen, sich um andere Manusnahrung umzusehen.«

Jahrzehntelanger Brauch schien dadurch vernichtet. Es sollte stille werden auf Messen und Märkten.

Die Hungerleider gaben sich jedoch nicht geschlagen, ihre flehentlichen Gesuche berannten den Wuchtturm der Verbote. Die Gegenseite gab – Zug um Zug – nach: insbesondere als der Rat die Entscheidung dem Kurfürsten selbst anheimstellte.

Auch ein Gesuch Aullingers bat in dieser Zeit um die Erlaubnis für Marionetten, »welches gleichsam nur ein Kinderspiel kann benannt werden«.

Die Antwort auf eine Anfrage, ob allen Truppen auf dem Anger das Verbot bekannt gemacht sei, war ein Allerhöchstes Reskript vom 3. Juli 1777, dass »konftig wehrender Marktzeit die offentlichen Schauspill oder Comedien alhier nicht mehr mit lebendigen Personen, sondern nur in Marionetten exhibieren zu lassen sind«. Verboten waren demnach die Hüttenspiele, d. h. Spiele mit lebenden Personen.

Joseph Anton Graf Seeau (1713-1799), dem 1779 die Leitung der Schaubühne als Entreprise übertragen worden war, machte von seinem Recht, Spielpatente zu erteilen, fortlaufend Gebrauch. Er hatte wohl erkannt, dass dem Marionettenspiel mit Verboten nicht beizukommen war. Die ganz andere Zuhörerschaft ließ nichts befürchten. So wurde Joseph Hage z.B. das Patent vom 5. Dezember 1778 für jedes Jahr weiter erteilt. Vielen anderen dazu. Dies macht Seeaus Äußerung verständlich, dass »die hiesigen Lande mit Leuten dieser Gattung merklich übersetzt seien«.

George Desmarées (1755):

Doppelportrait

Kurfürst Max III. Joseph von Bayern

und

Graf Johann Anton von Seeau

Die Lage der Marionettenspieler war demnach nicht rosig, ihre Zukunft ganz ungewiss. Eine ewige Not. Dies verdeutlicht ein – an den Kurfürsten gerichtetes – Memorandum vom 12. Juni 1772, in dem Graf Seeau, Intendant seit April 1753, Leiter der Hofmusik, auch der Italienischen Oper, seinem Herrn grundsätzliche Ansichten vorträgt: »Eurer chfl. Durchl. sind diejenigen Kleine so genannte Hüttenspiele bekannt, die gemeinlich in hiesiger Jacobi-Dult auf dem sog. Anger sich hier einzufinden pflegen. Diese Spüle bestehen in nichts als Zotten und Possen. Sie geben dem Publikum das größte Ärgernis. Sie dauern bis Nachts um 11 Uhr fort. Auch nach schon geendigter Dultzeit werden sie eine geraume Zeit von 14 Tagen und 3 Wochen fortgespielet ... Einer wachsamen Polizei lieget schon ob, derley ärgerliche und dem Lande höchst verderbliche Spille abzuschaffen. Der gemeine Mann, der sich nebst der unvorsichtigen Jugent nur an nichtswürdige Kleinigkeiten, ja zum theil ärgerlichen Zotten und Possen selbst ergötzet, laufet ihnen ohne Unterschied nach ... Und in diesem Betracht ist es nicht nur billig, sondern auch nothwendig, derley Hüttenspiele in Zukunft ohne Ausnahme völlig zu verbieten.«

Um auch die Stadtkammer günstig zu stimmen, der es lediglich um die jährlichen Abgaben für die erteilten Marktsgerechtigkeiten ging, erbot sich Graf Seeau, ihr den Schaden zu ersetzen. Sofort stimmten Bürgermeister und Stadtrat zu; die Stadtkammerrechnung wurde auf jährlich 104 Gulden veranschlagt, die Einwilligung zu einem Verbote unter dem Vorbehalt erteilt, dass dem Magistrat »die alte Markts-Freyheit und hierdurch kompetirende Gerechtsame« verbleibe, falls Graf Seeau den Betrag nicht rechtzeitig abführen oder mit seiner deutschen Komödie anders verfahren sollte.

Graf Seeau hatte v.a. den Hanswurst im Visier; das possenhafte Element in diesen Spielen entartete nur zu oft in abstoßende Roheit und widerwärtig zotige Späße. Die Realitäten des niederen Lebens erhielten breitesten Einlass. Diese unerfreuliche Entwicklung verschuldete besonders das hemmungslose Extemporieren. Graf Seeau bekämpfte es so entschieden wie ergebnislos. Unausgesetzt wurde die Mahnung wiederholt, dass »bey Verlust des habenden Privilegii alles unanständige Extemporieren wegbleiben sollte«. Die aufklärerische Erregung wandte sich v.a. gegen die lustige Figur, die nach ihrer – fast exorzistischen – Vertreibung von der großen Bühne im Puppenspiel Eingang gefunden hatte, mit immer größerem Zuspruch beim niederen Volk, so wenig dies der Stolz des Aufklärers wahrhaben wollte, von vornherein ungeneigt, seine Reformen auf die Marionettenbühne auszudehnen. So erklärte Graf Seeau (1775) in einem Bericht an den Kurfürsten: »Das einige München läßt diesem Verderber der Sitten und Zerstörer des guten Geschmackes die so verdiente Verachtung widerfahren.« Diesen Standpunkt der höheren Gesellschaft vertrat auch ein Ungenannter in seiner »Unpartheyischen Beurtheilung der Münchener Hof- und Nationalschaubühne« (München 1784), insbesondere befriedigt darüber, dass »Baiern den grünen Hut und das bunte Jäckchen vergessen hat«.

Einer Gestalt in der langen Reihe der Marionettenspieler kommt besondere Aufmerksamkeit zu: dem »bürgerlichen Maler, Vergolder und Hoftheaterzettelträger« Joseph Wunderer. Er war nach der barschen Laune der Obrigkeit bald Marionettenspieler, bald »Agent mit lebenden Personen« oder Schattenspieler, was eben erlaubt und genehm war. 1788 wurde ihm genehmigt, »vom Advent an biss Ostern in der Au und ausser der Stadt allhier mit grossen Persohnen comedien spiellen zu därffen«.

Jahrelang finden wir ihn nun als Schauspieler in Gesellschaft von verkrachten Studenten und Vaganten; sein Wirkungsfeld war die Stadt und ihre nächste Umgebung, er gab hier und dort »seine mechanisch, magnetische und Spiegel-Präsentationen, dann Geistererscheinungsstücke«. Als Wunderer erkrankte und in Not geriet, rechtsseitig gelähmt, versuchte er es wieder mit Marionettenspielen, bis ihm die Lizenz auch hiefür entzogen wurde. Er beschloss sein Leben in Einsamkeit und Not: das Elend dieser Existenz steht für das Elend des ganzen Standes.

Die dichte Folge einengender Bestimmungen machte den armen, hilflosen Marionettenspielern das Leben immer schwerer. 1791 begann die Reorganisation des – 1769 eingesetzten –

Bücherzensurkollegiums, das bislang nur mit Theaterstücken beschäftigt, Marionettenstücke nicht weiter beachtete.

Schlimmes stand ins (gänzlich ungeschützte) Haus. In der Tat: am 10. August 1793 erteilte das Zensurkollegium der Oberen Landesregierung die gemessene Weisung: »Da zu wünschen wäre, dass derlei Sachen mehr unterbleiben und diejenigen Leute, welche nur im Lande herumstreichen und anbey ihre Kinder höchst elend erziehen, zu nützlichen Gliedern werden mögen mit Ertheilung derley Patents in Zukunft sparsamer zu seyn.« Mang Hage, der 62jährige Veteran der Dultspiele, auf Messen und Märkten – seit 1791 – neben einem »sehenswürdigen Marionettenspiel auch mit einem auserlesenen, neu verfertigten brillianten Feuerwerk ohne Rauch und Pulver« aufwartend, machte geltend, dass er »schon bey 40 Jahre lang spiele, bis ich zu meinem großen Leidwesen habe vernehmen müssen, daß von Euer kurfürstl. Durchl. hochlöblichen Oberlandesregierung in München der gnädigste Befehl ergangen ist, daß sich ein jeder lebendige Schauspieler wie auch Marionettenspieler woll versehen solte.«

Es war ein Strömen und Gleiten ins soziale Elend; das Endliche menschlichen Kummers ist hier nahezu unendlich gesetzt. Die meisten Spieler nagten am Hungertuch, nichts kehrte das Übel in Besserungskraft. Kein Kelch der Bitterkeit blieb diesen Leuten erspart, hin und her gerissen zwischen halber Hoffnung und ganzer Resignation. Opfer bürokratischer Willkür, ihr quälend ausgeliefert, schleppten sich die meisten hilflos durch die Mitleidlosigkeit der Zeit.

Am 12. November 1794 war es dann so weit: unter diesem Datum erließ die Kurpfalzbayrische obere Landesregierung eine (für die Geschichte des bayrischen Puppenspiels folgenreiche) Verordnung: durch sie waren – mit einem Schlage – in ganz Bayern alle Spielpatente erloschen.

Die behördliche Willkür blieb: während viele beharrlich abgewiesen wurden, bekamen andere – rasch – eine befristete

Spiellizenz, mitunter sogar ein neues Patent. Joseph Wunderer z.B. konnte 1789 auf ein Privileg für Marionettenspiele in der Au hinweisen. Tröstlich, dass doch mancher Hintertüren fand, die einem dürftigen Leben zu bescheidenem Erfolg verhalfen.

Graf Seeau starb, 86jährig, am 25. März 1799; ein Zeitalter sank ins Grab. Im gleichen Jahre starb Kurfürst Karl Theodor; Max IV. Joseph übernahm die Regierung. Seine Leutseligkeit ließ die Puppenspieler hoffen, für ihre (Klein-)Kunst bessere Zeiten erwarten. Doch Joseph Marius Babo (1756-1822), Schriftsteller, Intendant, seit 1805 Bücherzensurrat und geheimer Sekretär, tat nichts für sie. Wenig später zerrannen alle ihre Hoffnungen durch eine neue Allerhöchste landesherrliche Verordnung, »die im Lande herumziehenden Comödianten und Marionettenspieler betr.«. Das Intelligenzblatt brachte sie im Wortlaut: »Nachdem hierorts die Anzeige gemacht worden, daß mehrere Individuen theils mit lebenden Personen, theils mit Marionetten im Land herumziehen, und allenthalben Comödien spielen, wovon einige mit älteren Patenten der ehemaligen obern Landesregierung, einige aber mit gar keinem Patent versehen sind: also ergeht hiemit der ernstgemessenste Auftrag an alle Gerichts- und Landbeamte, auf dergleichen Leute genau Amtsspähe zu halten, selben auf Attrapiren sogleich die Patente abzunehmen, und anher einzuschikken, diejenige aber so sich ohne Patenten betreffen lassen, wenn sie Inländer sind, ad locum nativitatis, vel copulationis, die Ausländer aber ohne weiteres auf die nächste Grenze liefern zu lassen. München, den 7ten Hornung 1800. Churf. Generallandesdirektorium.«

Joseph Mang Hage, zu alt, um noch spielen zu können, erhoffte für sich nur noch eine kleine Pension. Er starb am 5. Juli 1802, 83jährig. Ihm war alles widerfahren, was einem Dultmarionettenspieler – an kleinem Glück und endlosem Pech – geschehen konnte. Einer, der gewirkt hat nach seinem Auftrag und seinen Möglichkeiten. Mang Hages Sohn, der »von Jugend auf sein Brot als Marionettenspieler bei seinem Vater hat verdienen müssen und auf solche Art ein anderes Metier nicht hat erlernen können«, bewarb sich nach dem Verbot des Marionettenspiels um eine Maschinistenstelle bei den Nymphenburgischen Wasserwerken.

Anders verhielt sich dagegen der Marionettenspieler Franz Xaver Wagner; ihn vermochte keine Resolution, »er solle arbeiten oder Almosen empfangen«, einzuschüchtern oder in seinem Schauspielerberuf zu beirren. Er begegnete jeder Schwierigkeit, jeder Hemmnis mit verbissen selbstbewusster Bestimmtheit. Ein trotziger Widerbeller. Er war verheiratet mit Maria Juliana Illein, der ältesten Tochter des »englischen Luftspringers« Franz Illein. Dessen jüngere Tochter Eva wurde – als Madame Brochard – eine berühmte Münchner Schauspielerin, der Sohn Johann Illein ein trefflicher Komiker und Sänger des Mannheimer Nationaltheaters. Wagner beklagte das Verbot, hitzig im Wechsel von Ärger, Niedergeschlagenheit und Entrüstung: »Uns nur hasset das Schicksal auf die empfindlichste Art ... ich war kein Schauspieler gemeiner Gattung; ich habe zu Amberg, Neuburg, Straubing, Regensburg, Landshut und München mit allem Beyfall die auserlesensten Stücke aufgeführt ... mein Verfall that mir schon unendlich wehe, da ich mich unter die niedrigste Bettelklasse gegen mein Verschulden zurückgesetzt sehe.«

Durch Wagner erhalten wir auch Einblick in den Apparat, über den ein Marionettenspieler bei seinen Aufführungen verfügte; Hinweise geben zugleich Aufschluss über sein Geschick in der Puppenführung. Als Wagner 1813 – übrigens vergeblich – um die Erlaubnis bat, zusammen mit Bürgersöhnen von Schrobenhausen (Personen-)Spiele und vier Marionettenstücke vorführen zu dürfen, lobte er auch seine Requisiten: »Meine Figuren sind 3 Schuh hoch, ziehen die Hüte und Degen frei, auch die Schwerter im Kampf. Auch habe ich noch viele Maschinen und Verwandlungsfiguren und besitze nebenbei noch schöne optische Maschinen, schöne Theaterveränderungen und Dekorationen, die mich nebenher 100 Gulden gekostet.«

Nur ein Vertreter dieser herumgestoßenen, mit Verboten heimgesuchten Zunft, Franz Paul Schmid oder Franz de Paula Schmid, wie er sich später nannte und unter welchem Namen er auch im »Churbajerischen Hof- und Staats-Kalender, für das gemeine Jahr 1769« auf S.116 eingetragen ist (unter den Canzellisten der »Canzley Oberland« als »Acceßist«), ragt aus der so schwierigen Zeit des Münchner Dultspiels tief hinein ins 19. Jahrhundert. Sein Leben und Wirken zeigt alle Schwierigkeiten auf, erhellt im besonderen die eindämmenden Maßnahmen gegen das Marionettenspiel. Er war der Sohn des privilegierten Perückenmachers Johann Kaspar Schmid. 1785 bekam der 18jährige, der »durch ein Brandmal und Boxscharte Mißgestaltete, dessen ekle Difformität im Gesicht« Abscheu erregte, von Graf Seeau ein – Jahr für Jahr erneuertes – Patent, das, wie es im Schutzbrief der Churpfalzbayrischen obersten Landesregierung vom 1. August 1794 heißt, »gnädigst bewilliget worden ist zur verschaffung seines Unterhalts aller Orten in Baiern, Marionettenspiele aufführen zu därfen; so hat man dem selben zu seiner Legitimation gegenwärtiges Patent, um ihn von keiner Ortsobrigkeit einige Hindernisse erzeigt, sondern vielmehr all nöthigen Beystand geleistet werden möge, mit dem Auftrag gefertigter zu handen stellen lassen, daß er und sein Eheweib sich von Produzirung aller ärgerlichen und sonst unanständiger Spiele bey verlust dieser gnädigsten concession und bey vermeidung sonstiger Strafe enthalten solle.«

Das allgemeine Verbot von 1800 brachte auch Schmid in größte Bedrängnisse. Trotz bester Referenzen weigerte sich die Obrigkeit, das Patent zu erneuern. Nichts gelang; unbeachtet blieb auch der Hinweis, er habe 1799 »die höchste Gnade gehabt, mit höchstem Beyfall vor S. R. churfürstl. Durchl. selbst meine Spiele producieren zu dürfen«. Nur ein Almosen wurde Schmid gewährt: die kärgliche Unterstützung von 42 Kreuzern durch das Armeninstitut. Es half auch nicht Bescheidenheit, Lauterkeit; das Rührende der einfachen Leute. Am 5. Mai 1802 wurde ihm lediglich die Genehmigung erteilt für »sein Schattenspiel unter polizeilicher Aufsicht, mit Enthaltung von aller unsittlichen Vorstellung oder Vorträg«.

Seinem Gesuch, Marionettenspiele aufführen zu dürfen, wurde nicht stattgegeben. Das Spielverbot vom 28. Juli 1772 hatte die Schattenspiele übrigens eindeutig ausgenommen.

Wagner bemühte sich immer um eine Spielerlaubnis für Marionettenstücke in München und in der Vorstadt Au über die Dultzeit hinaus, allerdings nur in Häusern und auf Bestellung, wie er im Gesuch vom 16. März 1826 König Ludwig I. erklärte. Er hatte Erfolg als erster seit dem Verbot von 1800!

Auch Schmid erhielt eine Marionettenlizenz für die (kurze) Dultzeit, wie seinem Gesuch vom 30. Oktober 1826 zu entnehmen ist, worin er um »weitere gnädige Gestattung, auf ein Jahr sein Marionettenspiel und Schattenfiguren produciren zu dürffen«, untertänigst bat.

Die Puppenspieler von einst verwendeten kein Buch für ihre Stücke; sie hatten den Text im Kopf, und wie der Vater, so spielte ihn der Sohn. Hierzu schrieb Karl Engel (1876) im Vorwort zur Sammlung »Deutscher Puppenkomödien«: »Die Puppenspieler hatten ihre besonderen Gebräuche, Gesetze und Üblichkeiten, von denen man nicht abging. Alles was die aufzuführenden Theaterstücke anlangte, mußte traditionell überliefert sein; kein Stück durfte aufgeschrieben werden, sondern man mußte es wörtlich auswendig wissen und vom Hören gelernt haben, nicht nur einzelne Rollen, sondern das ganze Stück mit allen zu merkenden Szenerien, mußte man im Gedächtnis haben, um jederzeit nach Bedarf jede Funktion bei der Aufführung übernehmen zu können; wer das nicht konnte, galt nicht als vollbürtig; der Neuling im Puppenspiel mußte seine wohlgemessene Lehrzeit bestehen; so wurden vom Direktor förmliche Lehrstunden abgehalten.«

Im 18. Jahrhundert war das Puppenspiel – als Miniaturtheater – ausgesprochen volkstümlich; man liebte die Pantomime, das Komische und Originelle: eine Drehscheibe des Volkshumors. Es büßte im 19. Jahrhundert viel von dieser Beliebtheit ein. Die Gründe liegen nahe: immer mehr Vorstadttheater entstanden, mit wachsendem Wettbewerb: sie zogen immer breitere Volksschichten in ihren Bann. Man wurde anspruchsvoller, schau-lustiger, auch die Schausteller auf den Jahrmärkten, repertoirebewusster und trickreicher als ihre Vorgänger, erwiesen nicht selten – in raffinierten Kunststücken – die »technischen« Fortschritte der Zeit.

Die Naivität der Spiele schwand, die Bereitschaft, mit Kinderaugen zu sehen, die feine Kunst, Großes im Unscheinbaren, die verborgenen Schätze der Gradheit, Tapferkeit und Hochherzigkeit aus dem Wesensgrund sichtbar zu machen. Das gesprochene Wort verlor im Gefüge der Bilder mehr und mehr an Bedeutung, an Suggestivkraft. Weiche Fülle ging vormals durch das Unscheinbare! Nun verlangte die Menge v.a. »technische« Kunststückchen, Trick-Sensationen, Lärm-Orkane.

Schon Franz Xaver Wagner gebrauchte »Verwandlungsfiguren«, sog. Metamorphosen, bemalte Figuren grotesker Art: ein simpler Klappmechanismus veränderte sie augenblicklich in einen anderen Typus. Marktschreierisch als »mechanisches und mathematisches Theater« angepriesen, rechneten sie zu den viel angestaunten »Sensationen« der deutschen Puppenbühne.

Solche Entwicklungen (hin auf das »technisch Perfekte«) ließen das eigentliche Marionettenspiel nicht mehr recht zum Zuge kommen.

Das Schattenspiel bedingte weit weniger verblüffende, Stil und Handlung vergröbernde »technische« Sensationen. Seine »optischen Kunststücke« entsprachen zureichend dem Geschmack des breiten Publikums. Schon 1784 hatte Johann Samuel Halle in seinem Buche »Magie oder Die Zauberkraft der Natur« Anleitungen veröffentlicht für Vorführungen der »Laterna magica«, der

»Zauberlaterne mit beweglichen Schattenfiguren«. Der Weg des Schattenspiels führte vom Jahrmarkt unmittelbar in die Kinderstube, in die Familie und weiter: in den Salon. Bei diesen Schattendarbietungen – Bild-Projektionen auf eine Leinwand mit Hilfe der Zauberlaterne (Laterna magica) – drängte das Akustische das Optische mehr und mehr zurück: mitunter wurde der Dialog sogar der zeitgenössischen Literatur entlehnt. Von einer ersten Aufführung dieser Art wissen wir durch die Notiz einer Berliner »Litteratur- und Theaterzeitung« (vom 15. September 1781, Nr. XXXVII): »Bürgers Leonore von André in Musik gesetzt und in Chinesischem Schattenspiel aufgeführt von der Fräulein XXX zu Regensburg«.

In der Geschichte des Münchner Puppenspiels vor »Papa« Schmids Zusammenwirken mit Pocci, dem »letzten Ritter des romantischen Puppenspiels«, ist – abschließend – einer Schaustellerfamilie zu gedenken, der besondere Verdienste um diese volkstümliche Spielform zukommt, so sehr sie auch mit ihrem Apparat Zugeständnisse machte an den – eben aufgezeigten – Publikumsgeschmack.

»Die Schichtls« erstrebten die Wiedergeburt des Puppenspiels durch ein häufendes Mehr an Ausstattung und technischer Verfeinerung.

Auf diese Weise kamen sie der Sensationslust der Menge entgegen, ohne deren Geschmack und Illusionsfähigkeit zu kultivieren.

Echte Liebe zum Puppenspiel gab ihnen Mut und Zuversicht, in einer Zeit, die, wie wir sahen, dieser Kleinkunst so wenig günstig war, ein Marionettentheater zu gründen.

Die Familie Schichtl, wohl seit 1806 in München ansässig, stammte vermutlich aus Tirol. Ignaz Schichtl war Kaufmann und Bürgeroffizier; immer wieder jedoch machte er sich von Beruf und Heimatstadt frei, entfloh der bösen Alltäglichkeit des Lebensbetriebes und zog als Puppenspieler durch ganz Deutschland. Als ihm das Alter solche »Ausreisen« mehr und mehr erschwerte und schließlich verwehrte, übernahm sein Sohn Ignaz Schichtl (1797-1833) das Puppentheater. »Papa« Schichtl verdiente sich im Ruhestand einiges hinzu, indem er – mit Liebe zusammengetragene – seltene Objekte und Naturalien zur Schau stellte.

Der älteste (1840 in München geborene) Sohn Johann entschied sich aus wirtschaftlichen Erwägungen für die Handpuppe (da Marionettentheater mehr Personen bedingten) und führte mit drei Brüdern zusammen jahrelang Marionettenspiele mit Handpuppen auf. Eifer und Geschick machten sie zu den besten Handpuppenspielern ihrer Zeit in Süddeutschland. Außer der Familie Schichtl fand nur noch ein Name die Beachtung durch die Presse, ein damals seltener Vorgang! München hatte sich demnach – trotz allem – ein literatur- und kulturhistorisches Interesse am Puppenspiel bewahrt; die Romantik hatte es allgemein wachgerufen. Der verhältnismäßig ausführliche Zeitungsbericht eines Ungenannten in der Freitag-Ausgabe des »Morgenblattes für gebildete Leser« (16. November 1849) anlässlich des Jahrestages von Goethes hundertstem Geburtstag galt dem Marionettenspieler Brammer, »Frdr. Paul Brammer, Mechanikus und Marionettenspieler«, wie er sich auf seinen Anschlagzetteln nannte. Die Anmerkungen zu einer Faust-Aufführung dieses Puppenspielers erschließen aufs anschaulichste den äußeren Betrieb in einer Puppenbude jener Zeit; deutlich wird zugleich, wie frei und willkürlich die Marionettenprinzipale damals alte Stoffe mit neuesten literarischen Werken zusammenbrachten: »Den eigentlichen Geburtstag sollte ich nämlich noch vor der Aufführung Egmonts abends im Hoftheater auf eine ziemlich sonderbare Weise feiern. Mein Gang nach der Pinakothek u.a. öffentlichen Anstalten führte mich beinahe täglich an einer auf dem Dultplatz aufgeschlagenen Marionettenbude des Herrn Bramer aus Miesbach vorbei, und nie in solchen Fällen versäumte ich es, den außen angeklebten Theaterzettel zu lesen ... Am 28. August aber, wie erstaune ich, als mir der wohlbekannte Name Dr. Faustus vom Anschlag entgegenleuchtete! Sollte der Mann auch die Goethefeier haben begehen wollen?«

Er besuchte deshalb die Vorstellung und beschrieb sie einigermaßen ausführlich und zustimmend.

Dieser Bericht hatte vermutlich auch Dingelstedt, Intendant des Münchner Hoftheaters, aufmerksam und neugierig gemacht; er besuchte jedenfalls Brammers Marionettenbude, um »seinen lieben alten Marionettenfaust« wiederzusehen. Dingelstedt verwertete seine Eindrücke und Erkenntnisse, die er jener dürftigen Puppenbude verdankte, in einer dramaturgischen Studie über »Eine Faust-Trilogie«, erschienen in der »Deutschen Rundschau« (2. Jg., Heft 7, S. 212): »1849, im Jubeljahr der Geburt Goethes, war es mir beschieden, auf dem Dultplatz in München in der Bude eines Herrn Brammer aus Miesbach meinen lieben alten Puppenfaust zu sehen, obendrein mit der beruhigenden Anzeige auf dem Zettel, daß alles Anstößige und Unerlaubte beseitigt worden sei. Vielleicht war meine verderbte Natur Schuld daran, daß mir trotz dessen oder gar deswegen das Stück lange nicht mehr so gut gefiel, wie es mir 10 Jahre früher auf meiner ersten Rheinreise in Köln gefallen, wo ich Hennesche (so heißt der Kasperl am Niederrhein) einen halben Tag nachlief und seinetwegen fast den Dom versäumt hätte. Jedenfalls war inzwischen im Kunststil und in der Dramaturgie des Marionettentheaters eine wesentliche Veränderung vorgegangen. Herrn Brammers Puppen imponierten mir als mechanische Muster- und Meisterwerke; man sah die Drähte mit bloßem Auge kaum, an denen sie hingen, und sie konnten nicht bloß Hände und Füße bewegen, sondern einzelne Finger, die Augen rollen, die Zunge hinausstrecken, veritables Feuer speien und mehrere dergl. raffinierter Nuancen des denkenden Schauspielers verrichten. Irre ich nicht, so befand sich Miesbach damals bereits auf dem abschüssigen Weg alles Meiningens, und es sollte mich in der Tat nicht wundern, wenn in weiteren 25 Jahren aus dem Idealismus der freien Marionettenbude sich der Realismus einer ständigen Miesbacher Bühne mit menschlichen Menschendarstellern entwickelt haben würde.«

Ein anderer noch hatte Brammer und Leonhard Regner, Marionettenspieler und Kunstfeuerwerker – am 17. Mai 1854 in Kaufbeuren – spielen sehen: Joseph Leonhard »Papa« Schmid, der spätere Gründer des Münchner Marionettentheaters.

Die Spiele machen uns eines v.a. deutlich: an der Marionettenbühne erfreuten sich die Ritter- und Schauerstücke wachsender Beliebtheit, während sie am Personentheater mehr und mehr aus der Mode kamen. Das – bewährte – Repertoire der alten Spiele blieb allerdings erhalten; Leonore Rapp schloss daraus nicht zu Unrecht, dass das einfache Volk »mit dem Instinkt des primitiven Menschen für die Zufälligkeit und Unbeständigkeit der ihn umgebenden Welt den tieferen Sinn der Marionette unbewußt ahnte.« Zeigen »diese Spiele (doch) entweder den Zweifel des menschlichen Geistes an dem unsichtbaren Lenker, seine Auflehnung gegen die scheinbare Zufälligkeit und Ungerechtigkeit der sichtbaren Welt, der er den eigenen freien Willen womöglich im Bündnis mit dem Bösen entgegenzusetzen versucht, bis er seine Hilflosigkeit und Kurzsichtigkeit einsehen und die Macht der göttlichen Weltlenkung anerkennen muss, sei es auch erst im eigenen Verderben (Faust, Don Juan). Oder sie schildern die duldende Unterwerfung der frommen Unschuld unter die Ungerechtigkeit und Grausamkeit weltlicher Machthaber und ihre endliche Rechtfertigung durch deren Entlarvung und Sturz (Genovefa, Hirlanda, Griseldis): also stets die Unbeständigkeit weltlicher Herrlichkeit, die ,Eitelkeit der Welt' und die Abhängigkeit des Menschen von einer unsichtbaren Macht ... im christlichen Sinne einer weisen und gerechten, aber den Menschen oft unverständlichen göttlichen Weltregierung.« Für den tragischen Grundklang solcher Weltbetrachtung, die Ent-täuschung ist, Untergangs- und Todesbezogenheit durch alle Höhen und Tiefen der menschlichen Existenz, hatten die Besucher einer Marionettenbude kein Organ; sie ergötzte ausschließlich die derbe Direktheit des Hanswurst und seiner Späße.

Einige Jahre nach Dingelstedts Puppenspiel-Erlebnis wurde in München der romantisch-theoretische Marionettenstil auf die praktische Puppenbühne übertragen. Im Gegensatz zum Handpuppentheater, das von Anfang an seinen – gefühlsmäßig erkannten – Stil besaß und pflegte, blieb die Marionettenbühne bis tief in die Mitte des Jahrhunderts hinein Ersatz der Personenbühne. Zwischen dem Repertoire der Marionettenspieler und dem des Personentheaters besteht zu dieser Zeit kein Unterschied.

Eine wahrhaft einmalige Konstellation macht die weitere Entwicklung theatergeschichtlich und kulturhistorisch belangvoll: das Zusammenwirken zwischen Pocci und Joseph Leonhard Schmid gab der Marionette und dem Marionettenstück – erstmals in Deutschland – den unverwechselbar eigenen künstlerischen Ausdruck, die ganz eigene Spielform.

Ein Auftakt ist die Sammlung »Neues Kasperl-Theater« (1855). Kein feines, sondern ein kräftiges Mischgericht, so wunderlich wie schmackhaft. Es enthält, was Poccis Kasperlstücke insgesamt kennzeichnet: das herrlich hohltönende oder schmetternde Ritterdramenpathos, den Silberklang der Wiener Zauberposse, die burlesken Sprünge und Späße des verschmitzt flegelnden Titelhelden, die grundherzliche Volksstück-Sentimentalität, den Märchenhauch in aller Feen-, Gespenster-, Mirakel- und Räuberromantik, das Drollig-Lustige, Gemütlich-Freche der volkstümlich-philosophierenden »Anmerkungen«; Hintergründiges dazu: Shakespeare'schem Märchenhumor verwandt. Beziehungen ergeben sich auch zur alten italienischen Stegreifkomödie, der commedia dell'arte, v.a. durch Prügelszenen und nicht endendes Weibergezänk, auch zum französischen Guignol. Zu Kasperls Ahnen zählen der »Gracioso« des spanischen Theaters, der Sancho Panza des Cervantes, Harlekin, der barocke Hanswurst, Sir John Falstaff, Sganarelle, Pulcinella, der (missgestaltete) Karagöz, Punch, Petruschka, Pimperle, Karapet; all die großen und kleinen Narren und Spaßmacher (mit reflektierendem Tiefsinn) auf dem weiten Erdenrund.

In »Pole Poppenspäler«, der Geschichte des Kunstdrechslers und Mechanikers Paul Paulsen und seiner Jugendliebe zur Tochter des Puppenspielers Josef Tendler aus München, Lisei, verewigte Theodor Storm den Jahrmarktskasperl; Pocci hingegen machte aus diesem nachmals eine literarische Gestalt: in genialer Fortsetzung Ferdinand Raimunds, zugleich Schöpfer einer volkstümlichen deutschen Burleske in Weiterführung Ludwig Tieckscher Ansätze. Poccis Kasperl Larifari, dessen Geburtsort »zwischen St. Niklas und Nimmermannstag grad eine Viertelstund hinter dem 1. April« (in »Casperl als Porträtmaler«) liegt, wohnhaft »im Schneckengaßl Numero 13 über fünf Stiegen hinten naus zu ebener Erd« (in »Casperl wird reich«), geprägt vom Münchner Lokalkolorit, ist der ins Humoristische stilisierte Altmünchner: Materialist durch und durch, so derb wie gutmütig, von jedem Wirtshaus magnetisch angezogen, das ihm jeweils ein Eden ist durch eine frische Maß Bier und ein Mordstrumm Kalbshaxe; nicht weniger begierig der Zutaten, wie Leberknödln, Bachhendln, Bratwürst mit Kraut, Punsch, Zwetschgendatschi, Deidesheimer usw. Wie so viele Zeitgenossen hält auch er das Essen und Trinken für die wichtigste Lebensaufgabe, von grobschlächtigem urwüchsigen Humor, der in kurzen (Merk-)Sätzen Menschen und Dinge »erledigt«. Poccis Kasperl ist cholerisch-ruppig, sanguinisch, erzkonservativ, schreckhaft, wenn nicht ängstlich, dennoch randaliersüchtig, neugierig, allweil schnackerlfidel, herkömmlichen Normen und Begriffen gegenüber respektlos, bald Held, bald Feigling, profitgierig, fern jeder Askese und Abstinenz, harte Arbeit meidend, auf sein Wohlergehen bedacht, unbekümmert um ethische Werte, bar jeden edlen Strebens, frank und frei im Abstieg zur Baucheswonne, unfähig eines letzten unerbittlichen Worts. Geschwätzig oder verschlagen, ein treuer und bescheidener Diener seines Herrn, dann wieder großmäulig und ohne Respekt, dümmlich in vielen Äußerungen: anderes wieder ist aus erfahrener, kluger Menschenkenntnis gesagt, voll Weisheit in Narreteien, wegekundig im Irrgarten des Menschendaseins, aalglatt im Schicksalsgeflecht. Einmal besonnen und geschmeidig, viel häufiger passiv und schläfrig, sorglos und übermütig, scheinbar ohne Witterung für Gefahr, zudringlich und unvorsichtig, oft leichtfertig rasch in Schwulitäten, am Ende doch immer obenauf, nicht klein zu kriegen; er hat jeweils den letzten Trumpf in der Hand und teilt den letzten Hieb aus; unverwüstlich, so oft er auch den Buckel hinhält, ganz und gar aufs Überleben eingestellt. Kein Vertreter edler oder gar edelster Wesenszüge des Volkes, doch ein braver Kerl, voll Schnurren und Späße, immer bereit, über die Rampe hinweg zu spielen, mit Kindern und kleinen Leuten Zwiesprache zu halten, zuweilen sich der Handlung entziehend: durch einen Sprung in die Gegenwart, in ihre unmittelbaren Bedürfnisse und Belange. Voll Sympathie für das Volk und getragen von dessen Zustimmung und Beifall.

Dem »Neuen Kasperl-Theater« hat Pocci einen »Prolog. Von Kasperl gesprochen« beigegeben: »Hochgeehrtes Publikum! Mein Freund, der Verfasser dieser Komödien, welche er privatim für mich gedichtet, und in welchselben ich mit ganz besonderem Beifalle und zur Zufriedenheit vieler hoher Potentaten, eines hochlöblichen Adels und sonstigen respektirlichen und despektirlichen Publikums schon zu öfteren Malen auf- und abgetreten bin – mein Freund, welcher Ihnen schon durch mehrere seiner Schriften bekannt zu seyn sich schmeicheln dürfte – mein Freund, mit welchem ich schon manches Gläsl getrunken hab, weil er's bezahlt hat, – mein Freund – (jetzt hätt' ich bald nimmer gewußt, was ich sagen soll!) laßt sich Ihnen gehorsamst empfehlen! Dieses unser Werk soll ein Gemeingut des gesammtdeutschen Vaterlandes seyn und wer so gescheit ist und kauft sich das Büchl, dem gehört's von Haus aus ...«

Das erste Spiel, »Kasperl's Heldenthaten«, ist ein »Ritterstück aus dem finstern Mittelalter«, erfüllt von »mordalischem Geschrei«, weithin noch pritschende Kasperliade, romantisch-parodistisch grundiert, schon gehoben durch Gehalt und Humor. Kasperl, »kreuzfidel«, muss gleich »Eins singen aus Lustbarkeit«:

Der Kasperl ist überall zu Haus,
Wo's was zu trinken gibt,
Und wenn er was zu essen hat
Er's gleich ins Maul 'neinschiebt.

Als Schildknappe des Ritters Kuno verrichtet Kasperl bemerkenswerte »Heldentaten«: er spießt den alten Eremiten während einer Prügelei »samt seiner Kutten« auf, »wie einen Kranawetvogel«, und stößt am Ende den Zauberer Murischuripixtimixlistopheles in den Kessel, in dem er selbst »versotten« werden soll, Grethls listige Tat (im Märchen der Brüder Grimm) variierend.

Das 2. Stück, »Kasperl als Professor. Ein philosophisches Lustspiel«, verspottet die naturwissenschaftlichen Hypothesen der »Neptunisten«: als gelehriger Diener des Professors Wassermaier, Sprecher der »Wasserphilosophie«, versteht es Kasperl in der Rolle des Gelehrten ausgezeichnet, einem »unvorsichtigen Fremden durch Lust und Gewalt einiges Geld zu entlocken«, um »dieses unfreiwillige Staatsanlehen auf nationalökonomische Zwecke« zu verwenden, d.h. »in's Wirthshäusl zu gehen«.

Das 3. Stück, »Madame Kasperl. Ein Schauspiel, in welchem auch der Teufel in Person vorkommt«, führt in Kasperls Behausung, zu seiner Grethl, dem »Herzensschneckerl«. Kasperl ist wütend auf sie, »Schlipperment nochemal! wenn ich sechs Knödl essen will, so kocht s' mir nur drei, und von denen ißt sie selber zwei und den dritten hebt sie zum Nachtessen auf. Frag' ich: was bleibt nachher mir, dem Kasperl? – Die leere Schüssel!« Einmal in Rage, erschlägt er einen Juden, erstickt einen Offizier in der Kraxen und liefert die Grethl, sein Ehekreuz, in einer »geschwinden Expedition« dem Teufel aus.

Das 4. Spiel, »Kasperl als Nachtwächter. Ein Nachtstück«, ist nicht weniger grob und niedrig komisch, oft fast plump in Wortspielen und Späßen. Nun erscheint Kasperl – in stockdunkler Nacht, da der Mond den Himmel verlassen hat, weil er nicht im Kalender steht und deshalb nicht zu scheinen braucht – ausgesperrt und voller Angst. Als ihm Grethl trotz heftigsten Flehens den Einlass verweigert, sagt er als Nachtwächter die Stunde an, will – ganz unmotiviert – den aufziehenden Mond verprügeln (»O sey nicht grausam! schone mein; / Ich bin der sanfte Mondenschein«), fährt ihm, frecher werdend, mit seinem Spieß ins Gesicht (»Weh mir, erloschen ist mein Licht, / Er stach mich mitten ins Gesicht«), haut, nichts mehr scheuend, den Tod ebenso zu schanden wie den Haushahn und wird – eben noch »liederlicher Bursch«, jetzt »guter Kasperl« – von Grethl eingelassen.

Das 5. Stück, »Kasperl in China«, ist eine »fatale G'schicht«, denn Kasperl ist »unter die Chinesen kommen« und »weiß gar nicht wie!« Als »Budienter oder Flurirschütz« Tschintsching mit allen Wassern gewaschen, in aller Dummheit schlau und bei aller Klugheit niemals recht gescheit, steht Kasperl in Diensten des »Ministers der verzwickelten Angelegenheiten«, der »Exlenzquingquing«. Er läßt sich am Ende herbei, »unter dem dummen chinesischen Volk« »ein paar Maaß Thee« zu trinken: »Aber nachher mach' ich, daß ich z'Haus komm in mein geliebtes Vaterland; vielleicht kann ich dort ein Ministerium übernehmen, wenn Ein's vakant ist. Aber da beding' ich mir gleich mein richtiges Deputat zum Trinken aus und laß mich nit mit so einem Faßl Tschingtsching abfinden!« (Es entsprach einer Vorliebe Poccis, seinem Helden unter exotischen Volksstämmen und in fernen Ländern Abenteuer über Abenteuer bestehen zu lassen).

Das 6. Spiel, »Die Prüfung«, hat den bezeichnenden Untertitel »Ein beispielloses Spektakelstück«. Die Probe auf die eheliche Treue wird von »Madame Kasperl« schlecht bestanden, dennoch sehen wir »Herrn Kasperl« am Ende jubelnd auf dem Weg ins Wirthshäusl »Zum goldenen Stiefel«: »Juheisaschnuderibix! Heut setzt's einen privilegirten Rausch ab; auf meine schwere Krankheit brauch ich eine gewaltige Stärkung! (Tanzt mit Grethl hinaus.)«

Die beiden letzten Stücke dieser Sammlung, »Schuriburibu-rischuribimbampuff« und »Der gefangene Turko« (in der 2. Auflage unter dem Titel »Kasperl als Turko«), sind in Handlung und Dialog weniger derb und grobianisch. Sie wurden dann auch – als einzige – in die abschließende (sechsbändige) Sammlung des »Lustigen Komödienbüchleins« aufgenommen.

Die übrigen Stücke, radauhaft, ohne Scheu in Zugeständnissen an grobe, flegelhafte Volksinstinkte, waren ausschließlich für das fast dekorationslose Dultkasperltheater bestimmt.

Glückliche Umstände kamen Poccis Liebe zum Puppenspiel entgegen, sie förderten seine Weiterentwicklung; mit wachsender Kunst und Einsicht setzte er aufs eigenartigste fort, was die Romantik begonnen hatte. Während noch Karl Simrock (1802-1876), Germanist und Universitätsprofessor in Bonn, verdienstvoller Übersetzer älterer deutscher Dichter und Dichtungen, auch begeistert für die Form der Puppenkomödie, im Vorwort seiner Ausgabe des Spiels um Dr. Faust, die dringliche Mahnung aussprach, dem Puppentheater größere Aufmerksamkeit zu widmen, war der Reformator dieser (in Sprache und Bestandteilen ungereinigten, so lange vernachlässigten) Gattung schon kräftig am Werk: zu weiterem Schaffen auf diesem – ihm ureigensten – Gebiet mehr oder weniger durch Zufall angeregt.

Ein kgl. Kämmerer, Generalmajor Karl Wilhelm Freiherr von Heydeck (Heideck), der Heydegger genannt, (als Oberst) mit bayrischen Truppen zeitweise in Athen stationiert und seit dieser Zeit auch mit dem griechischen Mimus vertraut, hatte in seinem Hause ein sehr geschmackvolles – mit allen technischen Requisiten versehenes, als »wahres Kunstwerk« gerühmtes – Marionettentheater eingerichtet.

Die Puppen seiner Kleinbühne waren nur an wenigen Drähten befestigt, sie hatten weder Arm- noch Beingelenke und konnten deshalb nur einfachste Bewegungen ausführen, weder gehen noch die Arme beugen. Lediglich Kasperl und Harlekin waren gelenkiger.

Wann immer v. Heydeck zu einer Marionettenvorstellung einlud, war ein Besonderes zu erwarten: die ganze Kunststadt wusste dies. Selbst die Könige Ludwig I. und Maximilian II. gaben – in Begleitung ihrer Frauen – v. Heydeck die Ehre ihres Besuchs. Feierlich geladen war der Hof, ebenso die geistige Aristokratie usw.; und kaum einer fehlte! Die besten Talente hatten ihre künstlerischen Beiträge geleistet zum (»aller«)neusten Zauber- oder Märchenstück, zu den – üblichen – musikalisch-heiteren Einlagen: samt und sonders von Liebhabern geschaffen, die mehr als Gelegenheitshelfer, mehr als »Dilettanten« waren; Meister doppelbödiger Komik, fanden sie auch wunderbar leise Töne.

Pocci lernte von Heydecks (v.a. Erwachsenen zugedachtes) Marionettentheater um 1840 kennen; vermutlich hatte er schon vorher – auch gelegentlich der italienischen Reisen – mehrere Puppen- und Marionettenbühnen erlebt.

Italienischer Abkunft, war ihm der altrömische Mimus, die reiche Überlieferung italienischer Marionettenkunst, gewiss seit langem schon bekannt.

1858 erstand Joseph Leonhard Schmid, später nur »Papa« Schmid genannt, für 300 Gulden die kleine Bühne General Heydecks mitsamt dem darstellenden Ensemble.

Franz von Pocci: Lithographie »Italien«
(in »Der Osterhas. Eine Festgabe für Kinder«. 1850)

Das von Heydecks Haustheater übernommene Stück »Dr. Faust«, berichtete nachmals der neue Besitzer im Vorwort hierzu, »das nur für Herrengesellschaften geeignet, seinerzeit vor einer illustren Gesellschaft, der u.a. auch S.M. König Ludwig I, anwohnte, aufgeführt wurde, erregte allgemeine Heiterkeit.«

Doch erzählen wir zunächst die Vorgeschichte. Schmid, am 29. Januar 1822 zu Amberg geboren, in bescheidensten Verhältnissen aufgewachsen, hatte in der Jugend das Buchbinderhandwerk gelernt und war, früh verwaist, zu Fuß nach München gegangen. Ursprünglich wollte er es am Hoftheater als Sänger versuchen. Ein Freund namens Beck, dort angestellt, doch gänzlich einflusslos, brachte ihn bald davon ab. Schließlich war Schmid froh, im Büro des Unterstützungsvereins für das Amts- und Kanzleipersonal unterzukommen, mit einem täglichen Verdienst von 40 Kreuzern.

Im Ostermayerhaus am Promenadeplatz, das sein Amtsvorstand Hirneiß bewohnte, lernte Schmid auch seine erste Frau kennen, die ihm sechs Kinder gebar, von denen vier allerdings früh starben.

Er wohnte später als Vereinsaktuar im Deiglmayr-Haus an der Dultgasse. In seiner Freizeit beschäftigte er sich v.a. an Weihnachten mit dem Aufstellen von Krippen und – in der Karwoche – mit dem Herrichten des »heiligen Grabes«; unter großem Zulauf des Volkes. Halb München war jeweils auf den Beinen, die Einrichtung zu sehen.

Schmid schuf sich auch ein Puppentheater, unterhielt damit – die Geselligkeit beherrschend – Freunde und Bekannte. Er fasste dann auch bald den Plan, in München ein Marionettentheater zu errichten. Am 10. September 1858 wandte er sich an die hohe Schulkommission der königlichen Haupt- und Residenzstadt mit der »gehorsamsten Bitte um die gnädige Begutachtung zur Errichtung eines ständigen Marionettentheaters für Kinder«.

Mit Bedauern stellte er fest, dass München, berühmt durch Bauten und Sehenswürdigkeiten aller Art, keine Stätte aufweisen könne für die seelisch-geistige Erholung der Kinder. In seinen Vorschlägen zum Spielplan hob er – neben dem »unvergeßlichen Christoph von Schmid, der eine Reihe von Kinderspielen verfasst hat, die gewiss geeignet sind, bei einer netten, anständigen Aufführung der Marionetten die Kinderwelt nicht bloß zu unterhalten, sondern auch Sittlichkeit und Religiosität mehr und mehr in den Kinderherzen zu erwecken und erstarken zu machen« – erstmals auch »die wunderhübschen Sachen eines Grafen Pocci« hervor.

Schmid besaß zu dieser Zeit weder die entsprechende Einrichtung noch das eigentliche Repertoire für ein öffentliches Marionettentheater.

Da half ein anteilnehmender Freund namens Kolb, seines Zeichens Advokat. Dieser erinnerte sich: Hatte nicht Graf Pocci, als Verfasser des (bei Scheitlein in Stuttgart erschienenen) »Neuen Kasperl-Theaters« volle Zustimmung gefunden? U.a. am 11. Oktober 1855 durch die Münchener Neuesten Nachrichten, die betonten, es gälte »dem Burlesken und Naiven mit seiner Fülle maßloser Lustigkeit« entgegenzuwirken; wenig später (am 20. Oktober) war auch J.W. Grosse – in der Neuen Münchener Zeitung – darauf eingegangen und hatte lobend hervorgehoben, Graf Pocci habe als erfinderischer Arzt den scheintoten Kasperl mit doppelten Portionen ausgestattet. Als Jugendschriftsteller mit gleichen Zielsetzungen sei Pocci demnach der einzig richtige Mann.

So brachte das Jahr 1858 in Poccis Schaffen die entscheidende Wendung. Die (sechs) »Dramatischen Spiele für Kinder« waren ein erster, noch zögernd-unsicherer Schritt in Richtung »Kasperltheater«: in häuslichen »Uraufführungen« zunächst, wenn nicht ausschließlich der eigenen Kinderschar zugedacht.

Obgleich der Hanswurst schon gegenwärtig ist und auch das Wort hat, scheint er noch ungewiss über sich selbst. Poccis eigentliches Geschöpf bleibt ganz im Hintergrund: wortreich höfliche Vorwände dienen ihm, seine – und damit des Dichters – Anwesenheit zu entschuldigen.

Viel später erst wandelt sich der zaghafte Spaßmacher – mit ausschöpfendem Nachreifen – in einen lautstark auftrumpfenden Bühnenhelden, geprägt von eulenspiegelhaftem Volkshumor.

Das »Neue Kasperl-Theater« zeigt Kasperl – mit und ohne Larifari – spektakel- und prügelsüchtig in den verschiedensten Rollen, nicht selten als Schlagetot, ungeschlacht und gewöhnlich, gossenhaft frech, vergangener Dultzeit entstammend in abstoßender Tatsächlichkeit.

Von dieser Ebene aus hätte Kasperl Larifari keine Höhen überbrückender Geltung erreicht. Das Entscheidende kam erst durch Schmids Brief vom 13. September 1858 an Pocci, voll Klage über den künstlerischen und sittlichen Niedergang des gegenwärtigen Kasperltheaters, doch mit halbwegs klarem Wissen und Blick für das Unerläßliche. Pocci antwortete umgehend: »Meine geringen Kräfte stehen zu Ihren Diensten, insoferne Sie dieselben gebrauchen wollen.« Graf Pocci, Hofmusikintendant, stellte sich damit – lebenslang – einer guten Sache zur Verfügung.

Im 18. Jahrhundert dagegen hatte Intendant Graf Seeau für den Marionettenkasperl, für das traditionelle süddeutsche Wandermarionettentheater keinen Finger gerührt, über das alte, handfeste Volksspiel nur – voll Verachtung – die Nase gerümpft: wir sahen, wie es daran zugrunde ging. Poccis Ja zu Schmids Unternehmung, für das er allein nicht weniger als 53 Stücke schrieb, machte ihn zum »Kasperl-Grafen«, Schmid selbst (in 54jährigem Wirken) zum »Marionettendirektor« und »Papa« Schmid.

Nach einer persönlichen Besprechung mit Pocci richtete Schmid am 22. September 1858 ein Gesuch an die königliche Polizeidirektion; diese überwies die ganze Angelegenheit – als nicht spruchreif – an die Regierung. Man betrachtete die Unterhaltungsmöglichkeiten der Jugend – in Privatkreisen, Philharmonien, Vereinen usw. – für ausreichend, desgleichen die Zahl der Theater in München. Dies stellte das ganze Unternehmen in Frage. Schmid ließ sich nicht entmutigen. Im Brief vom 14. September 1858 hatte ihn Pocci auf den Generalleutnant und Kunstmaler von Heydeck aufmerksam gemacht, der verkaufsbereit sei, »wenn der richtige Mann käm.«

Kurz entschlossen erwarb Schmid dessen Heimpuppenbühne mit allen Dekorationen und richtete ihr mit Poccis Amtshilfe – ohne den Bescheid der Regierung abzuwarten – im Hause des Schlossermeisters Kölbl an der Prannergasse 11 eine Heim-Stätte ein.

Poccis Rücksprache mit dem Kultusminister ergab, dass man lediglich ein »Marionettentheater überhaupt«, nicht aber ein eigentliches »Kindermarionettentheater« gestatten könne. Wie Pocci Schmid gegenüber meinte, sei dies ja »mehr und besser, als Sie gewollt haben.«

Am 18. November hatte Schmid die – langersehnte – Bewilligung in Händen. München, das bereits – für rund 137000 Einwohner – vier Theater besaß: zwei Hofbühnen und zwei Vorstadttheater, bekam somit ein fünftes. Schmids Entschluss setzte allen Mut voraus: stand ihm doch überdies nur ein dürftiges Repertoire zur Verfügung.

Von dem »Gedanken beängstigt«, wie der Spielplan im Mangel entsprechender Stücke beschaffen sein werde, erinnerte Schmid schon sehr früh, wie wir sahen, an den Beitrag des »Schönen und Edlen«, den Pocci bereits geleistet habe, wie kein anderer eines Neuen – zum Bessern der Sache – fähig und berufen. Für sein Unternehmen seien wohl Kinderschauspiele und andere geeignete Schriften vorhanden, mit dem aber, was Pocci vermöge, in nichts zu vergleichen. »Alles, was Pocci für die Kinderwelt schrieb«, hatte Schmid im Brief vom 5. September 1858 rühmend hervorgehoben, »strotzt von Humor und unterhält jung und alt. Mit welcher Liebe ist er zu den Kindern erfüllt und stets darauf bedacht, durch Schrift und Bild auf deren Gemüt wohltätig zu wirken.« Poccis Humor v.a. spiegele das Außerordentliche seiner Liebe zu Kindern, bestrebt, auf deren Gemüt durch die Einheit von Wort und Bild wohltätig und nachhaltig zu wirken. Pocci sagte sofort zu, »ohne«, wie er einschränkend hinzusetzte, »seiner selbst versichert zu sein, ob er dem Wunsche zu entsprechen imstande sei.«

Bedacht auf das Grundsätzliche, schrieb Franz Graf Pocci, der auch den Festprolog verfasste, in dem das Münchner Kindl den »kleinen Münchnern« das erste ständige Münchner Marionettentheater am Dult-(Maximilians-)Platz widmete, in der Eröffnungsankündigung zum 5. Dezember 1858: »Laufs der letzten Jahrzehnte läßt sich aber nicht selten die Klage vernehmen, daß die Jungen nicht mehr jung sein wollen, und die Kleinen ihr Köpflein höher recken möchten, als geziemend ist. Woher mags aber kommen? Die Superklugheit möchte allüberall das Regiment führen, und Einfalt oder Naivität scheint wirklich als altmodisches Möbel in die pädagogische Rumpelkammer gestellt worden zu sein. In Anbetracht dieser Umstände wagt der ergebenst Unterfertigte den Versuch, unterstützt von der freundlich tätigen Beihilfe erprobter Jugendfreunde und Schriftsteller, wieder ein Stück guter Praktik ins Leben zurückzurufen, und hat zur Lust und Freude der Jugend es unternommen, ein ständiges Marionettentheater zu errichten, wozu ihm auch die Bewilligung der Behörden gegeben wurde.«

Der Widerhall im Volk wie in der Presse war überwältigend. Auch ein Großteil der vornehmen Gesellschaft stimmte begeistert zu. Auf Monate hinaus waren alle Vorstellungen ausverkauft.

Auf Befehl Maximilians II. überließ die Hoftheaterintendanz am 3. September 1860 »Papa« Schmids Marionettentheater den Erdgeschoßsaal im Odeon: auch der König war dort einmal Gast und hatte Kasperl Larifari (von eigenwüchsigster Münchner Art) herzlich Beifall gespendet. Am 16. März 1862 führte man in diesem Raum eine – dem Theatrum mundi in Rom ähnliche – Fronleichnamsprozession auf: etwa tausend (im Gegensatz zum römischen »Welttheater«) unbewegliche, 40 cm große, bemalte Figuren zogen auf 200 Meter langen Laufschienen unter Chorgesängen und Glockengeläut – bei einer Stunde Zeitdauer – am Zuschauer vorüber.

Noch im selben Jahre wurde Schmids Puppenbühne zum Wandertheater. Vom Odeon ging es zunächst (am 7. September) in den Gasthof »Zum goldenen Stern« im Tal, dann (am 13. September 1863) in die Arcostraße Nr. 2, weiter (am 9. Oktober 1864) ins Gasthaus »Zum Glasgarten« (der nachmaligen »Neuen Welt«, später »Blumensäle« genannt), für mehrere Jahre (1870-1873) in den Gasthausgarten »Zu den drei Linden« an der Müllerstraße. Als hier das »Kolosseum« errichtet werden sollte, übersiedelte »Papa« Schmid für ein Jahrzehnt in den Garten des Restaurants »Klenzegarten«, weiterhin mit sehr gutem Besuch. Zum 25jährigen Jubiläum des Unternehmens – am 2. Dezember 1883 – verfasste Ernst von Destouches, Geheimer Archivrat und Stadtarchivar, ein heiteres Festspiel »Casperl jubilans«.

Ein geplanter Fabrikneubau verwies das Marionettentheater am 16. September 1888 auf den etwas abgelegenen städtischen Maffei-Anger. Baurat von Zenetti sorgte dafür, dass man »Papa« Schmid (siehe Bild) – gegen eine Pachtsumme – einen brauchbaren Platz überließ. Wieder – und zahlreicher noch – strömte das große und kleine Volk herbei: am 4. Dezember 1898 feierte ganz München das 40jährige Bestehen dieser Kleinbühne – als ein nicht mehr wegzudenkendes Stück Altmünchner Kulturgeschichte – mit wahrem Heimatstolz.

Josef Leonhard »Papa« Schmid (1822-1912)

Dem fröhlich-festlichen Anlass widmete der oberbayrische Dialektdichter Heinrich Storch seinen Schwank »Kasperl im Olymp«. Strengere Vorschriften für Brandschutz, denen »Papa« Schmids Holzbau nicht genügen konnte, stellten wenig später das Unternehmen erneut in Frage. Nun boten zahlreiche Gönner und Freunde ihre Hilfe an, auch Schulrat Dr. Georg Kerschensteiner (1854-1932), wirksam durch Rang und Autorität. Am 29. Dezember 1899 beschloss der Stadtmagistrat (der zugleich 13000 Mark bewilligte), »es sei für das bisher am Maffei-Anger untergebrachte Schmidsche Marionettentheater in der Anlage an der Blumenstraße gegenüber den Blumensälen ein Platz und Gebäude zur Verfügung zu stellen.«

Das weitere erfolgte unbehördlich schnell. Schon am 16. Juli 1900 wurde zu dem von Stadtbauamtmann Theodor Fischer in kürzester Zeit erarbeiteten Plan der Grundstein gelegt. Eine Reihe baulicher Veränderungen verzögerte die Eröffnung des neuen Hauses der Puppenspiele. Errichtet im Biedermeierstil, mit einem säulengetragenen Kleingiebel geschmückt, versehen mit einem Portal, zu dem in vertiefter Nische mehrere Stufen hoch führten, ausgestattet mit einem steilen, behaglich altväterischen

Dach, entsprach das Theater schon vom Äußeren her ganz dem besonderen Zweck.

Die Inneneinrichtung des – am 13. November 1900 feierlich eröffneten – Münchner »Stadttheaters« war mit den modernsten technischen Hilfsmitteln versehen. Die elektrische Beleuchtung, fähig aller Lichteffekte, ließ es im Puppenschauhaus blitzschnell »tagen oder nachten«. Zur Verfügung standen auch Wind und Regen, Donner und Blitz. Sie begleiteten – aufs eindrucksvollste für die kleine Zuhörerschaft – Kasperls Taten und Abenteuer, auch dekorativ reich, zu buntester Vielgestaltigkeit.

Das Münchner Marionetten-Theater

1897

Zum 50. Bestehen des Marionettentheaters, des ersten seiner Art in Deutschland, veranstaltete München am 5. Dezember 1908 für »Papa« Schmid einen – die Prominenz tief bewegenden – Ehrenabend. Franz. Pocci (Enkel) begleitete das Ereignis mit einem gereimten »Glückwunsch«:

Franz Pocci, Kasperl, Papa Schmid,
Die bleiben für die Münchner Stadt
Ein unzertrennbares Selbdritt,
Wie.es wohl keine andere hat.

Über »Papa« Schmids »Theaterchen«, »nicht nur eine Münchner Spezialität, sondern auch ein wirkliches Kunstinstitut«, schrieb der »März«, die »Münchner Halbmonatsschrift für deutsche Kultur«, im Jahre 1908: »Vielleicht vom Hofbräuhaus abgesehen, gibt es nichts, was so münchnerisch, so urmünchnerisch wäre wie das Schmidsche Marionettentheater. Im Hofbräuhaus kann man Leben und Treiben der Münchner studieren, im Marionettentheater lernt man das Herz, die Seele der Stadt kennen. Hier, wo Kasperle Larifari, eine Art Münchner Lokalheiliger, in dessen Person alle menschlichen Mängel und Torheiten humorvoll vergöttert scheinen, das große Wort führt, lernt man erst verstehen, warum München für jung und alt eine so eigentümliche Anziehungskraft besitzt. Nirgends tritt der innerste Geist dieser Stadt, ihre kindliche Liebenswürdigkeit und Natürlichkeit so rein zutage wie in den Puppenspielen des Grafen Pocci, die dort immer und immer wieder aufgeführt werden. Sie bedeuten für München dasselbe, was die französische Romanliteratur für Paris, was Gassenhauer und modernes Drama für Berlin bedeutet: sie bilden den Mythus der Stadt.«

Zu »Papa« Schmids 90. Geburtstag – am 29. Januar 1912 – gratulierten mit zahllosen Anderen auch Prinzregent Luitpold und Prinz Rupprecht.

In einer kleinen Feier zu seinen Ehren sprach Schmid letztmals den Christoph in »Dornröslein«: »Vormals war ich der Diener eines Poeten am Hofe eines Königs und repräsentirte den Humor.« Die Worte berührten – erinnerungsvoll – das unwiederholbar-einmalige Verhältnis zwischen Pocci und Schmid. Jener hatte für diesen bis an sein Ende – unermüdlich – Stücke geschrieben, drei Tage vor Poccis Tod war das Märchenspiel »König Drosselbart« fertig geworden. Schwermütiges klang an, führend im Unterstrom, als Christoph, der Kasperl des Manuskripts, die seltsam beziehungsreichen Worte sprach: »Ich denke ich werde bald einschlafen ... Also gute Nacht!« wie begleitet vom leisen Einverständnis des greisen Sprechers, der ein »Beglücker der Jugend« (Gabriel Seidl) war; der Tod geleitet jedes Dasein von Geburt an, er ist – und bestimmt im Vergänglichen – das Wesen des Lebens. Auch das (so bescheidene) Marionettenspiel hat – wunderbar – teil an der

Idee des Schönen, die seit Ewigkeiten ist und niemals vergeht. Ein Leben kommt ans Ende, gesegnet durch Kinderlachen, ein Zeitalter sinkt mit ins Grab, dunkle Glocken tönen auf zu düsterstem Abendbrand; immer behalten die Erde und das Nachtdunkel ihre Unentrinnbarkeit, nur der Chor verlorener Hoffnungen bricht – verhallend – auf in den unendlichen Raum. Am 18. Mai 1912, schon nah der Tragödie des ersten großen Krieges, spricht »Papa« Schmid – anlässlich einer von Professor Arthur Kutscher veranstalteten Sondervorstellung des alten Faust-Spieles für die Studierenden der Universität München – seinen geliebten Kasperl zum letzten Male.

Am Silvesterabend 1912 kommt der Tod, um den greisen Puppenspieler in jenes Geheimnis zu führen, das von Ewigkeit her gilt; befreit ihn aus allem, was uns Menschen so unendlich zu schaffen macht: das Meer der Leiden, unablässig zertrümmernd die Welle Gram, das Geheimnisvoll-Furchtbare vorausbestimmten Verlierens, das unerhellbare Dunkel der Schicksale in dieser Welt.

Kehren wir zu unserem Ausgangspunkt zurück: durch seine Puppenstücke und szenischen Prologe wurde Pocci Schmids »Hausdichter«. 1859 erschien – in der Lentnerschen Buchhandlung von E. Stahl zu München – das erste »Lustige Komödienbüchlein«, das abschließende (6.) ein Jahr nach Poccis Tod, zusammen mit seinem letzten dichterischen Werk, dem »König Drosselbart«. Als echter Theaterdirektor hatte ihm Schmid Stück für Stück »abverlangt«, mit herzlichem Nachdruck versichert, Neues, immer Neues entspräche dem Wunsch und Bedürfnis seines - kleinen und großen - Publikums. Kein Geringerer als Carl Spitzweg hatte »An Pocci« den Vers gerichtet:

Was hebt und engt die Menschenbrust
Zu sagen, ist euch unbenommen
Doch er, er singt voll Herzenslust:
Die Kleinen laßt mir kommen!

Nie hat Pocci, gleichnis- und bildfreudig, menschliche Schwächen ätzend-zynisch aufgedeckt, die Entlarvung als hoffnungslos betrieben, das Maßlose und Äußerste der Entblößung als einziges Ergebnis, ganz eingetaucht in Bitterkeit. Pocci gab weit mehr als Karikaturen. Noch im größten Unsinn und Radau leitet Kasperl aus Beobachtungen und Erfahrungen gängige Lebensweisheiten ab, so mancher Rückblick ist Prüfung und Wägung.

Franz von Pocci: Karikatur

Honoratoren tragen die Büste von Lola Montez

Pocci macht sich lustig über menschliche Schwächen, denkt und handelt gegen den Strich, wird auf böse Verhältnisse nicht eingestimmt, vielmehr zum Widerstand herausgefordert. Er weiß und macht deutlich, dass in diesem Leben Pfiffigkeit, »schlagkräftige« Energie, Hilfsbereitschaft ein unersetzliches Gewicht hat.

Carl Spitzweg, Mitarbeiter an den »Fliegenden Blättern« wie Pocci, empfand dessen Humor und Melancholie als wahlverwandt. Das »Neue Kasperltheater« von 1855 bot Spitzweg reiche schöpferische Anregungen; Studien aus dieser Zeit machen es eindrucksvoll deutlich.
Die künstlerische Individualität Poccis erschloss sich ihm auch in dessen Beiträgen zu den »Münchner Bilderbogen« (1849-1862); er empfing und sah sie mit Vergnügen.

Spitzwegs Tagebuch von 1877 verzeichnet von Pocci folgende Bücher:
Das Bauern ABC (1856);
den Staatshämorrhoidarius (1857);
das Lustige Komödienbüchlein (1859-76);
Karfunkel (1859);
Lustige Gesellschaft (1867)
und Viola Tricolor (1875).

Dieses zuletzt genannte Werk, ein »heiteres Capriccio«, verdankte Pocci einer überraschenden Wahrnehmung: als er einmal im Garten zu Ammerland die unscheinbaren »Tag- und Nachtschatten« näher betrachtete, blickten ihm Menschengesichter entgegen, eine Fülle von Physiognomien. Er sammelte von nun an auch Stiefmütterchen, trocknete und presste sie, malte ihnen Hüte und Kleider, schuf somit eine ganze Galerie der schnurrigsten, absonderlichsten Gestalten, fügte sie zu Festzügen, Genrebildern, mit drolligster Komik, voll Ironie und Maskenfreude.

Franz von Pocci:: Professoren der Universität

Behutsam, nicht zuletzt auf Religiöses bedacht zu neuer Erlebnismitte, das wesenhaft Böse verdrängend, machte Pocci das Kind mit der wirklichen Welt vertraut in feinsinniger Bewegung nach Grund und Bedeutung, entführte es in Märchenbereiche, in traumhafte Verwunschenheit, immer auch der Höhe und Ewigkeit eingedenk; so spricht das Münchner Kindl in einem Prolog zum Kasperlspiel:

Bedenkt's, wenn ich im Ernste Euch belehre,
Und lacht hell auf, wenn ich den Scherz beschere.
Wie dieses Spiel zieht's Leben auch vorüber,
Bald ist der Himmel hell, bald wird er trüber;
Wie's kommt, so nehmt's, doch eines stets bedenkt,
Daß, was geschieht, von oben wird gelenkt!

Pocci vermied es, Wahrheiten mit Bitterkeit zu sagen statt mit Lachen, nichts in seinem Spiel griff verwüstend, vergiftend in die Seele, das Leben der Jugend ein; ohne Illusionen, nährte er dennoch Hoffnungen und Sehnsucht auf das »große Wunder«. Er predigte das Recht der vollen Diesseitigkeit und blieb ein Mann des Suchens, Besinnens und zarter Empfindung. Hintergrundvorgänge rühren – mit verhaltenem Wort – an Geheimnisvoll-Unerklärliches. Romantisches Träumen ist nicht selten die gemäßeste Sageform. Still wachsende Erkenntnis eines Unabwendbaren erzwingt - mit leiser Melancholie - die rufende und mahnende Rede. Ein Märchen ist die Fügung des Schicksals, die menschlichem Wollen die Verwirklichung zu Dauer und Glück gewährt. In Wirklichkeit steht über jedem Leben der Verzicht und der Tod.

Die Eröffnungsvorstellung vom 5. Dezember 1858 brachte Poccis romantisches Zauberspiel in drei Aufzügen »Prinz Rosenrot und Prinzessin Lilienweiß oder Die bezauberte Lilie«. Kasperl Larifari ist ein Knappe des Prinzen, der seine durch den »bösen Zauberer« Negromanticus in eine Blume verwandelte Geliebte rettet und erlöst. Waren Poccis Kasperlstücke – bei allen romantischen Einfärbungen – bis dahin weit mehr dem (gröberen) Stil des Handpuppentheaters verpflichtet und angepasst, so macht dieses erste Zauberspiel deutlich, dass er nunmehr das Wesen des Marionettenspiels in seinen Bedingungen und Möglichkeiten erkannt hat. Was bisher zustande kam, war – vom Eigentlichen her – mehr Rahmen als Bild. Alles Weitere ist Klärung und Verdeutlichung schöpferischer Art. Eine erste Verbindung des alten Volksschauspiels mit dem romantischen Marionettenstil ergab sich aus den Berührungen mit dem ursprünglichen, unpsychologischen Drama des 16. Jahrhunderts, das dem Volkspuppenspiel – neben den Stoffen des Volksbuches, der »Haupt- und Staatsaktionen« – als eine Quelle diente. Kaum hatten die englischen Komödianten, die um das Jahr 1600 auf dem Festland erschienen, mit Dramen von Marlowe und Shakespeare den Beifall des deutschen Publikums gefunden, traten auch schon die Puppenkünstler auf den Plan und spielten – u.a. am kurfürstlichen Hof zu München – ihre Historien »Von Dr. Johann Fausto«, »Von Konnig Liar aus England«, »Von Tito Andronico«, »Ernesto und Armanda«, »Der verwirrte Hof« usw. Die Münchner Marionettenspieler jener Zeit griffen hauptsächlich auf die »geistlichen Spiele der Stadtmusikanten« und auf die Prunk-Inszenierungen von Stoffen aus der Bibel oder der Legende durch die Jesuiten zurück; anderes entnahmen sie dem Repertoire der stehenden Münchner Bühnen, der Nationalschaubühne und des Faberbräu-Theaters. Erst Pocci, der Schöpfer des eigentlichen Marionettenstücks, befreit die Puppenbühne aus der literarischen Abhängigkeit vom Personentheater. Der zweiten Quelle, dem Barockdrama, verdankte Pocci lediglich die komische Figur. Anderes ist Schöpfungen des späten 18. und frühen 19. Jahrhunderts entlehnt: dem Wesen der Marionette ist die romantische Ironie und Selbstbespiegelung gemäß. Das Mittel der Illusionsstörung ist alt, schon im 18. Jahrhundert gebräuchlich. So folgerte August Wilhelm Bohtz in seiner Schrift »Über das Komische und die Komödie« (1844): »Die lustige Person darf, ohne daß dadurch die Illusion aufgehoben wird, unmittelbar die Zuschauer anreden, deren Interesse mit dem, was auf der Bühne vorgeht, in Rapport setzen, so daß das Gedicht und die gemeine Wahrheit, das Theater und das gewöhnliche Leben, wie im Kontraste, auch wieder verbunden, in Identität sich zeigen müssen«. Auch Goethe erwähnt - in den Gesprächen mit Eckermann - ein Beispiel der Illusionsstörung bei italienischen Puppenspielern. Die Welt der Marionette (frz., Verkleinerung von Marie) besteht aus kurios offenem Geheimnis und schwebend zärtlicher Einzelheit. Spieler und Zuschauer wissen, was geschieht: ein Spiel mit Puppen an Drähten gezogen; Leblosem wird auf diese Weise Bewegung, Leben gegeben: ein Faden führt und befiehlt. Illusion ist alles, die Desillusionierung Teil des Spiels, schön und eigenartig wie ein ausklingendes Lied.

Auch Pocci hat seinen Stücken zahlreiche Illusionsstörungen eingefügt. Sein Stil ist der romantische Marionettenstil, er verdankt ihn – nicht von ungefähr – dem Märchen, ist doch alles »gelenkt« und (voraus) »geführt«. Er gibt wirklichkeitsferne, zeitlose Zeitkomödien, nicht unkundig – ganz moderner – »Verfremdungseffekte« durch das Verschmelzen von Vergangenem und Gegenwärtigem, von Wirklichkeit und Scheinwelt, von realster und geistigster Individuation; heitermärchenselig dennoch, mit geistreichem Übermut. So heißt es einmal schalkhaft-launig: »Das Stück spielt um die Mitte eines Jahrhunderts.«

In solchen Märchen-Bereichen waltet der Zauber, glück- oder unglückbringend, aus lichter oder dunkler Albenmacht; er gebietet jedem Willen, auch dem des Helden, mit unbegrenzter Möglichkeit. Poccis Königreich Larifaria ist eine Provinz echten Humors: nahe dem Schlaraffenland, nahe auch Orplid, unweit der mondbeglänzten Zaubernacht der Romantik. Romantische Ironie durchblitzt Poccis Geisterwelt; Personifikationen und Allegorien entsprachen dem Dichter ohnehin. Er liebte es – gleich Raimund – seine Gespenster zu vermenschlichen: anspruchslose, gemütliche Spießbürger aus der Biedermeierzeit, ohne Arg und Schrecken, brav und beschaulich den kleinen (vorzüglich Ess- und Trink-)Freuden ihres bescheidenen Lebenstages noch posthum hingegeben: »Au weh! jetzt schlagt's Mitternacht, d.i. die Stunde, wo die Geister aus dem Kaffeehaus nach Haus gehn.«

Poccis Märchenspiele sind Flüge der Sehnsucht über das Mögliche hinaus, nah der Wehmut erster Träume. Sein lyrischer Frohsinn ist Widerklang Raimundscher Feerien, schon die Namengebung weist darauf hin: (der abscheuliche) Langebart, (die Fee) Liebinniglich, Stultitia, Arrogantia, Herr von Steinreich, Pfiffikus usw. usf. Mozarts Papageno schlüpfte aus dem Federnkleid, zog die Zipfelmütze über und agiert weiter als »Mosjö Kasperl«. Nicht selten sind auch burleske Anachronismen

Shakespeare'scher Art. Aristophanischer Geist, mitunter rauschhaft witzig, zieht die Fäden und durchdringt die Maske, die uns das tiefere Wesen eher verhüllt als weist.

Pocci weiß Bescheid über die Akustik und Optik der Bühne, über die Voraussetzungen des theatralischen Erfolges. Da schon der Titel die Erwartung steigern soll: als Element der Spannung, nach Arthur Kutschers Wort »Kardinaltugend des Volksstückes«, wählte er sehr häufig noch einen zugkräftigen Untertitel, u.a. zu »Ritter Blaubart«: »Ein furchtbares Spektakelstück aus dem finstern Mittelalter«, zum »Eulenschloß«: »Ein mit unglaublicher Zauberei vermischtes Drama«, zu »Kasperl in der Türkei«: »Ein konstantinopolisches Lustspiel« usw.

Die einfache Handlung entspricht dem Wesen des Märchens, das Ereignis an Ereignis reiht, zu lockerer Einheit gefügt, auf Ende und »Schluß« hin angelegt in Steigerung und Spannung, ohne größere Freiräume für verwickelte Motivation und Psychologie. Die Beweggründe sind ebenso kindlich wie die Konflikte und Lösungen, entsprechend sind Prosadialog und Reim. Die Gestalten des Marionettenspiels sind samt und sonders Ausnahmetypen, ungeachtet ihrer Verkleidungen, leicht fassbar für die kindliche Phantasie. Das Unrealistische, Märchenhafte, Phantastische des Puppenspiels machte dieses zu einer Angelegenheit des Kindes, der Jugend, durch voraussetzungslose Zustimmung des schlichten Gemüts. Die Jugend von damals hatte noch Sinn für das märchenhaft Wechselvolle, Unberechenbare, Regellose des Lebens; was auf Märchenpfaden geschieht, Traumgestalten ihrer Phantasie begegnet, sind Wunscherfüllungen des Kindes wie auch der einfachen Leute. Die schlichte, durch- und überschaubare Handlung stellt Gut und Böse eindeutig heraus, belichtet jenes, richtet dieses: bis die letzte Szene kommt, in der das Böse, Dünkelhafte, hochfahrend Stolze, Herzlose überwunden wird und das Gute – treue Liebe, Mitleid, Demut, Tugend – sich ins Große, Gesegnete begibt. Ein Zauber, aus den einfachsten Dingen gewoben, ohne verrufene Seltsamkeit, wiederholt aber von wunderbarer Sinnbildlichkeit. Und des (Märchen-) Himmels Blau überglänzt unendlich die Räume.

Das aus dem 16./17. Jahrhundert übernommene Gestalten-Erbgut verschmolz Pocci mit Lieblingsfiguren des romantischen Ideenkreises: mit Königen, Prinzen und Prinzessinnen der Sagen- und Märchenwelt, mit edlen und unedlen Rittern, Zauberern, Feen, Elementargeistern, Hexen, Einsiedlern, Teufel und Tod. Pocci gewann daraus die besondere Märchenatmosphäre, mehr noch: den unverwechselbar eigenen Stil. Tatsächlich bedeuten die »Pocciana« eine Welt für sich, verhaftet dem unendlichen Spielraum des Märchens, das ja so oft und raunend beginnt: In den alten – guten – fernen Zeiten, als das Wünschen noch geholfen hat. Und eine Gewissheit wuchs, sie war wie Abendstille im Herzen. Ein anderes Wunder kam aus der Schlichtheit der Sprache.

Pocci schöpfte seine Stoffe vorrangig aus den deutschen Volksbüchern und Märchen voll wissender Erinnerung. Er liebte ihre Sprache von ernster Bedächtigkeit im Ausdeuten der Schicksale und Lebensgründe, einer dem Glück oder Untergang zudrängenden Geschehnisfülle. Unvergesslich die Idylle der Bilder: eine stille Waldwiese, ein efeuumsponnener Schlossturm, ein Städtlein im Ring der Mauern: Schauplätze – aus eigenem Lichtgrund – für einsamstilles Leben, heimliche Liebe von unendlich wunder Zärtlichkeit, für Schicksale von unerbittlich strenger Unabwendbarkeit. Pocci nahm das Empfangene in einzelnen Szenen mit eigener Prägung auf.

Besonders anziehend nach Stoff und Gehalt waren die Märchenerzählungen von Charles Perrault (Blaubart, Muzl, Der gestiefelte Kater, Hansel und Grethel, Dornröslein). Die geheimnisvoll-düstere Fabel des »Blaubart« (»La Barbebleue«) hatte Pocci in Bann geschlagen, lange bevor er an sein Puppenspiel ging (für das Perrault und L. Bechstein verbindlich wurden). Das Entsetzliche, Grauenvolle, das dem Stoff eignet, ist durch die ins

Spiel gebrachte neue Gestalt, den ungeschlacht treuherzigen Kasperl, weithin entschärft.

Pocci griff auch immer wieder nach volkstümlich gewordenen Erzählungen; von Isabella Braun dramatisierte er zwei Geschichten: den »Weihnachtsbrief« (1857) und »Das Schusserspiel« (1858): Erziehungs-Spiele, die an Ordnung und Sinn der Welt glauben und glauben lassen, einer Vorsehung gewiss mit Leidensgeduld, noch im Aussichtslosen voll Hoffnung, ohne Schiffbruch des Glaubens; gewärtig des Unverlierbaren, was immer auch im Fluss des Lebens zerrinnt, wird das Bleibend-Menschliche über Räume und Zeiten hinweg bewahrt.

In den Puppenspielen von den »Drei Wünschen« und »Dr. Sassafras« griff Pocci auf Johann Peter Hebel zurück, den alemannischen Dialektdichter und Erzähler volkstümlicher kleiner Geschichten.

Den »Sieben Raben« wurde das Libretto zu Joseph Gabriel von Rheinbergers (1839-1901) Oper von Franz Bonn, dem vielzitierten »von Miris« der »Fliegenden Blätter«, zugrunde gelegt.

Franz von Pocci: Hyacinth Holland (1827-1918)

Seiner Zaubermärchen wegen wurde Pocci von Hyazinth Holland (siehe Bild) als »Raimund der Kinderwelt« gerühmt. Der Wiener hatte 1831/32 in München gastiert und mit Paraderollen – im »Bauer als Millionär«, im »Alpenkönig und Menschenfeind« und als »Verschwender« – einhelligen Beifall errungen. Pocci ließ sich das Theaterereignis nicht entgehen und lernte Raimund auch persönlich kennen: auf den Wiener und seine volkstümlich-romantischen Zauberpossen kam der »Kasperl-Graf« auch in mehreren Karikaturen für »Alt-England« zurück. Ferdinand Raimund, mit ihm das Wiener Volkstheater, hat Poccis Schaffen vielseitig beeinflusst und angeregt. Dessen Phantasie glich einer Silberschrift auf dunklem Grund; Feen und Elfenvolk wunderbar verbildlicht, in Märchensphären unheimliche Begegnungen und phantastische Trennungen, voll Sagenschauer, das Öffnen goldener Tore zu Berges-, Waldes- und Herzenstiefen, hassverhärtet in Menschenfeindschaft, nach Leiden teilhaftig der Gnade einer tiefinnerlichen Umkehr, romantische All-Erhebungen und -Träume, aus Verhüllungen leuchtend, weltbewirkend; das Schlicht-Treuherzige, Volksliedhafte wie das Große und Rätselvolle der Natur traumhaft eingefangen, visionär gedeutet, die Wunderatmosphäre voll Lieder und Melodien, fernfernsten Klangs und volltönenden Widerklangs.

Franz von Pocci: Zwei Badende
von einem im Schilf versteckten Satyr beobachtet

All dies inspirierte den Zeichner und Dichter Pocci, befruchtete seine Verzierungskunst, regte sein Puppenspiel an, dem er das Ritterliche der Kaiser und Burgen, ihrer Poesie hinzugab, die Tiefe der alten Sagen, immer auch die Wider-Welt des Alltäglichen, Prosaischen mit Laune und Humor.

Durch Pocci wurde Kasperl literaturfähig, aus der burlesken Kasperliade eingebürgert in das romantisch-phantastische Feen- und Märchenspiel. Er ist bald Held, bald Hintergrundstimme, ein die Handlung ausdeutender Chor. Einmal ist Kasperl Schildknappe, dann braver Nachbar eines Holzhackers, dem die Fee Zimberibimba »drei Wünsche« gewährt, ein andermal (im »Gestiefelten Kater«) der dritte Müllerssohn oder der wandernde Schneidersgesell, der Hansel und Grethel begleitet. Der biedere Kasperl spiegelt das Wesen des Volks; hineingestellt in die wunderbare Welt des Märchens und der Sage, ferner Sphären, verkörpert er gleichsam das Menschlich-Allzumenschliche auf humoristische Weise: fremd jeder Sentimentalität, jeder Gefühligkeit, die gerade in der Märchenatmosphäre so wuchernd blüht. Er steht für die (blanke) Prosa des Lebens, ohne Organ für Lyrik und Ideale, in einer unwirklichen Märchenwelt der lautstarke Realist. »Casperl«, erwidert ihm dann auch Prinz Rosenroth, »du bist zwar ein treuer Kerl, aber das verstehst du nicht. Wenn du nur genug zu Essen und zu Trinken hast, dann bist du auch zufrieden. Höheres als dieß begreifst du nicht.« Und Casperl antwortet so nüchtern wie ernüchternd: »Jetzt möcht ich aber doch wissen, ob denn's Essen und 's Trinken nit a Hauptsach ist? Das halt Leib und Seel' zusammen. Schaugen's Ihna nur in Ihren Rasirspiegel – auweh! Den hab'n wir beim letzten Kampf mit dem Riesen z'brochen! – Sie seh'n ja aus wie a Haring, ganz ausg'hungert und abgezehrt; es ist eine wahre Schand für an Prinzen von Geblüt. Und ich geh' auch z'grund nach und nach, als wie ein Jagdhund, der auf seine letzten Fuß lauft.«

Pocci suchte in seinen Stücken das Unterhaltende mit dem Erzieherischen zu verbinden. »Kinder und Volk müssen durch Äußerlichkeiten gewonnen werden, wenn man auf ihr besseres Ich wirken will« hatte Schmid am 17. September 1858 richtungweisend geschrieben: »Jedenfalls dürfte es zunächst darauf ankommen, der Jugend nur Gesundes und Frisches zu bieten, da eine etwas superfeine Sentimentalität ebenso schädlich wirkt, wie die Roheit des Dultkasperl, dem ich aber stets selbst als der aufmerksamste und teilnehmendste Zuschauer angehöre.«

Das Puppenspiel ist nicht ohne Tiefe: in spielerischer Betrachtung des Lebens, der Menschen und Geschehnisse; es deckt Gebrechen und Unzulänglichkeiten auf, entlarvt Scheinheiligkeit und Lüge, macht Schranken sichtbar, Verderbtheiten des Eigentlichen. Kasperls Handeln ist humorvolle Enthüllung, Richtigstellung und Korrektur (mit erhobener Pritsche); unfähig zur Bewunderung, drückt er das Gegebene in allem trockennüchtern aus, ohne Kleinmut, köstlich direkt. Kasperl ist überall: dort und hier, und allenthalben er selbst. Er wird Prinz, reich, unter Wilden beinahe aufgefressen (»Ihm aber war's nicht lächerlich, / Vielmehr etwas abstecherlich«), bleibt er stets obenauf, als lachender »Philosoph«, bajuwarisch-münchnerisch in Witz und Dialekt. Er weiß: der Mensch ist von seinem Bauch nicht wegzudenken und gewinnt daraus »Überlegenheit«. Einsichten, untermalt mit Koboldlachen, kommen zu Erfahrungen, die seiner Schlauheit wie seinem Materialismus Vorschub leisten. Er ist weder edel noch großmütig, ganz wie die Welt, der Mensch allgemein, ohne Hochgewicht. Beide stehen zwischen Hell und Dunkel, in der Verworrenheit, und Kasperl tut gut daran, immer neu die Unterscheidung zu vollziehen. Er passt sich – geschickt – einer Welt an, die ist, wie sie ist. Wer lohnt Bescheidenheit, die eigene Werte und Leistungen lieber untertreibt als herausstreicht? Sind viele Tagesgrößen nicht lediglich blenderische

Schwätzer, besitzgierig, feig und gewissenlos? Auf dieser Welt, unter Menschen zahlt sich noble Gesinnung nicht aus!

Es ist der einsame Schmerz Poccis, der daraus spricht, die melancholische Sinnigkeit. Er sah Falschheit und Heuchelei, selbstsüchtiges Trachten, was immer wieder drohend und böse aufbricht unter der Hülle (scheinbar) geordneten und gesicherten Daseins, »Trost« in solchen Gegebenheiten war nicht selten Lüge, und der Zorn sang inwendig das Aufruhrlied.

Einzig der Humor ist weltüberwindend, die Trauer bewältigt das Lachen allein! Das ist der Sinn, die tiefere Bedeutung des anspruchslosen Spiels, das Jung und Alt in Bann schlug, seinem Träger, Kasperl Larifari, Unsterblichkeit verlieh.

Im Prolog zum zweiten Teil des »Lustigen Komödienbüchleins« (1861) entspringt Kasperl einem goldenen Ei, das ein Hahn dem Zauberer Negrocephalus gebracht hat.

Und dieser ruft befehlend: »So öffne dich, du goldnes Haus, Versteckter Geist, tritt nun heraus!« Casperl sprengt die Hülle und empfiehlt sich als Besitzer des »guten Humors«: »Auch ich hab noch einige Ueberbleibseln von einer halben Portion sogenannter romantischer Poesie im Sack, die ich auf'm Tandlmarkt selber um 12 Kreuzer gekauft hab, und die meinen alten guten Freund, den Herrn Clemens Brentano, Gott hab'n selig, umgebracht hat. Eine herrliche, miserabelverkannte Verlassenschaft, die er mit in's Grab hat nehmen wollen; aber eh' er gstorb'n ist, hat er's doch wieder da lassen und hat sich gedacht: Vielleicht klaubt's doch noch eine sympathische Seele auf!« Casperls Worte bekennen Poccis Trauer über die hinschwindende Romantik, »wo die Ritter noch beim helllichten Tag herumgritten sind und die Zauberer noch als solche haben gelten können. Aber jetzt machen die Ritter keine Kreuzfahrten mehr, sondern lassen sich lieber ein Dutzend kleine Kreuzl'n anhängen und die Zauberer, die uns einen blauen Dunst vormachen, sind auch noch da, aber das geht alles auf natürliche Manier her.«

Pocci, der sich selbst gelegentlich »Graf Kasperl« nannte, identifizierte sich mit seiner Schöpfung, machte Kasperl Larifari zum Sprecher und Träger der eigenen Komik, wandelte Spaß in Humor. Im Vordergründigen seiner Komödien, das Kinder zum Lachen bringen sollte, ging Hintergründiges mit, das für Erwachsene gedacht war, vorbehalten ihrem Lachen oder Lächeln. Nicht selten schwingt Pocci die Geißel der Satire, ohne Verwirrung seiner kleinen Zuschauer: welche Leistung! In »Casperl als Garibaldi« und »Casperl als Turner« (siehe Bilder) galt Poccis Spott Hans Ferdinand Maßmann, der als »Barrenreck, Professor der Turnkunst«, in missionarischem Wirken für die Leibeserziehung brüllend singt: »Turnerei, Frank und frei!«

Schimpanse
der Darwinaffe.
Intermezzo in einem Aufzuge.

Das »Intermezzo« in einem Akt, »Schimpanse, der Darwinaffe«, ist, wie Pocci selbst am 5. Januar 1874 erklärend schrieb, eine Verhöhnung des Darwinismus: »Kasperl macht im Dienste eines Professors den Schimpansen. Schließlich muß der Professor für die Unarten des Affen zahlen und darf ihn doch nicht als Kasperl erklären, weil er da elend kompromittiert würde.« Den Darwinismus vertritt Professor Gerstenzucker, der gleich eingangs einen toten Affen betrauert, »das evidenteste Subjekt für die Theorie, daß das Menschengeschlecht seinen Ursprung nur im Affen zu suchen hat; und wie weit in der Kultur war er durch meine Erziehung gebracht!« Pocci gab jedoch der (1873 vollendeten) Komödie wenige Monate später einen anderen Schluß. In der ersten Fassung verabschiedet sich Prof. Gerstenzucker mit Kasperl, dem wiedereingefangenen »Affen«, unter Komplimenten, während Bürgermeister Neurer dem betrunkenen Magistratsrat Schöppler zuruft: »Es scheint, daß, während ein Affe hinaus ist, Sie den andern hereinbringen!« Diesen Schluß betrachtete Pocci als »zu leblos und langweilig«. Die letzten Worte sollten dem »Helden« des Stückes gehören, also Kasperl, dem »Budienten« des Professors: »Kasperl (zu Gerstenzucker): Was woll'n denn Sie? Sie Betrüger mit der Darwinkomödie! Jetzt hab' ich's satt. (Springt furchtbar herum, schlägt Gerstenzucker nieder, dann den Bürgermeister usw. Allgemeines Getümmel, alle fallen zu Boden). Dies ist der Sieg des Darwinismus, der Mensch in seiner Ursprünglichkeit! Juhe, jetzt geh' ich ins Wirtshaus! (Der Vorhang fällt)«

Der Mensch ist das höchste, würdigste Wesen; er sollte es sein! Pocci war zeitlebens satirisch eingestellt gegen den Hochmut der »Wissenschaft« und ihrer Vertreter (die »von den Laien als Halbgötter angesehen werden«), voll berechtigten Argwohns, was die Gewissenlosigkeit ihres »Forschungsdranges« – mit all ihren Entweihungen – betrifft, der nur »Ergebnisse« will, »Funde«, brutal gleichgültig gegen alle Folgen. So gelangt – in »Hansel und Grethel« – »Professor Doktor Fleischmann, Naturforscher und Menschenfresser«, im Kannibalismus ans Ziel seiner Forschungen, unbeirrt selbstsicher aus genuinem Gelehrtendünkel: »Ein Professor irrt nie, deßwegen heißt und ist er Professor!« zugleich voll böser Zweifel an dieser neuen Menschheitsform.

Pocci verspottete u.a. auch die moderne Schule, die preußische Exerzierordnung, die Heilgymnastik, das Freimaurertum, Richard

Wagners »Zukunftsmusik«, die Projektemacher aller Sorten; kurz alles, was mit besonderem oder überlautem Anspruch auftrat.

In »Casperl als Turner« legt Pocci dem »Doctor« die Worte in den Mund: »Jetzt kurier ich schon ein halbes Jahr an Herrn Casperl, und ich kenn mich eigentlich selber noch nicht aus, was ihm fehlt. So was darf sich aber ein praktischer Arzt nicht anmerken lassen, oder zu was hätt' ich denn erst vor 2 Monaten den Medizinalrathstitel bekommen? Wir Aerzte müssen zusammenhalten, besonders wegen der Homöopathen, die aber so zu sagen auch nichts wißen; allein die möchten uns Allopathen ganz ruiniren.«

Eine bündige Meinung enthält auch die Komödie »Casperl in der Zauberflöte«: »Pamina (zu Tamino): Du solltest doch endlich einmal etwas Neues von Richard Wagner einstudiren. – Tamino: Ei, was denkst du! Der ist mir viel zu schwer! – Sarastro: Nein, und ich bedank' mich für die Confusion. Da könnte Unser Einer närrisch werden. – Tamino: Ja, und gar keine Melodie. Das genre geht gar nicht für Flötensolo. – Pamina: Ihr seid beide veraltet; ihr geht nicht mit dem Zeitgeist; auch in der Musik nicht. – Sarastro: Laß mich in Ruh' mit dem Zeitgeist! Wir bleiben beim Alten.«

Franz v. Pocci: Figurinen zu seinem Stück »Casperl in der Zauberflöte«

Das Stück »Die Zaubergeige« beruht auf einem Märchen der Brüder Grimm. Pocci legte der Fabel schon 1838 ein illustriertes Märchen und (1854) einen Holzschnitt in den Münchner Bilderbogen zugrunde. Die Komödie verspottet einen durch Protektion emporgekommenen Virtuosen. Sie meint und geißelt Richard Wagner und dessen Parteigänger, im besonderen wieder die »Zukunftsmusik«, verzopfte Hofgepflogenheiten u.a.m. Spott, der sich eindringlich zu Wort und ins Bild meldet, mit einer – nahezu unerschöpflichen – Fülle von Einfällen, ins Drastisch-Ironische enthemmt.

Nach Grimms Deutschem Wörterbuch versteht man unter »Sassafras« das Wurzelholz eines Baumes, der früher als schweißtreibendes und antiluetisches Heilmittel Verwendung fand. Dieser Name ist – nach Erich Schmidts Forschungen – mit der Bühnenfigur des listigdurchtriebenen »Doktors Sassafras« aus Amsterdam verknüpft, die nach einem italienischen Lustspiel in Deutschland Eingang fand. Unbekannt ist, so weit ich sehe, woher Pocci den Namen für eine seiner besten Puppenkomödien »Doctor Sassafras oder Doctor, Tod und Teufel in drei Aufzügen« entlehnt hat. Poccis Sassafras »exercirt« aufs erfolgreichste »die drei Heilmethoden: ... die Allopathie, die Homöopathie und die Hydropathie (vielleicht nehme ich auch noch die Heilgymnastik dazu). – Ich kuriere oder bringe die Leute um, wie sie wollen. Man bewundert meine Prognose, meine Diagnose – kurz man nennt mich einen zweiten Hypokrates oder Paracelsus.«

Kasperl Larifari ist sein Diener, auf die Gelegenheit lauernd, »wieder einmal seine Praxis auszuüben«: »Ein dummer Kerl wird sich schon finden, der mich für einen Doctor ansieht, wenn ich ihm was weiß mach. Das ist ja ohnehin bisweilen Doctorenmanier und je mehr man den Leuten vorlügt, für desto gscheiter halten's Ein.«

Der Romantiker wandte sich auch spöttisch gegen Eisenbahn und Technik, voll böser Ahnungen, was die Entseelung des Menschen durch das aufdämmernde Maschinenzeitalter betraf.

Pocci nahm in seinen Puppenspielen auch die Bürokratie aufs Korn, die noch immer ein ungeschrieben-unumschränktes Majestätsrecht behauptete; der Schöpfer des »Staatshämorrhoidarius« (der erstmals 1857, in Nr. 8 der »Fliegenden Blätter« erschien), gedachte dieses Vertreters, wo immer es ging, mit Spott und Verachtung. Ironie ist die feinere Scheidekunst. Poccis Komödie »Eulenschloß« (im Manuskript »Eulenburg«, aus Rücksicht auf den damaligen preußischen Minister Friedrich Albrecht Grafen zu Eulenburg umbenannt) zeichnet die Unfähigkeit eines hohen Beamten – mit ergiebigem Hohn – vor dem Hintergrund der Banalität als archaische Figur.

»Casperl wird reich« verspottet den Schatzgräberschwindel (»Holofernes, Holofernes erscheine! / Bei diesem Zaubergürtel, / Bei des Mondes Viertel, / Erscheine!«) und die schon zu Poccis Zeiten beliebte Kartenschlägerei (»Das kost't 1 Gulden 12 Kreuzer«). Die Moosmayerin, die »alle Geister kennt«, empfiehlt sich Kasperl als »zuständig«: »Ja, gelt'ns'! Ich war a mal eine Somnambul und 3/4 Jahr beim Herrn Dr. Justinus Kerner in Diensten. Da hab' ich die Geister alle gelernt; denn Der hat's nur so am Schnürl ghabt.«

Anton Duttenhofer: Justinus Kerner

Dieses »Schicksalsdrama in vier Aufzügen«, wie es Pocci in witziger Anlehnung an Adolf Müllner (1774-1829) nennt, Verfasser der ebenso berühmten wie nachwirkenden »Schicksalsdramen«: »Der 29. Februar« (1812) und »Die Schuld« (1813), enthält u.a. auch einen tatsächlichen Vorfall (in Poccis Bekanntenkreis): ein neuer Diener gibt beim Besuchemachen – statt der Visitenkarten – Spielkarten ab!

Aus einem wahrhaft deutschen demokratischen Geist wandte sich Pocci auch gegen Standesvorurteile, gegen leere Traditionen, ohne den gewöhnlichen Zeitmächten das Wort zu reden, feil und opportun. Aristokrat durch und durch und gerade deshalb – aus grundsätzlichen Bindungen – Volksfreund, zugetan auch dem Gottesgnadentum des Volkes. Immun gegen den Giftstoff des »Zeitgeistes«, gegen das Niedrige berechnender Fügsamkeit, aus Würde (und das ist immer Selbstrespekt) auch geistig unerreichbar gebietend.

Im Blick auf deutsche Einigkeit schwermütig nachdenklich, zur Resignation geneigt, legte der Patriot Franz Graf von Pocci dem Kasperl das bittere Bekenntnis in den Mund: »Ich glaub', daß in unserer Zeit der deutschen Einigkeit ein jeder Staatsbürger doch wenigstens träumen kann, was er will.«

In »Das Eulenschloß« wird Kasperl Minister und singt – überlaut – das Pfründenlied:

Ha, welche Lust, Minister zu sein
Und ein Portefeuille zu tragen;
Die Besoldung ist nicht klein,
Goldgestickt sind Rock und Kragen.

Sechstausend Taler sind nicht schlecht
Und dabei auch noch Diäten;
Zum Leben ist dies grad so recht,
Den Posten zu vertreten.

Wer klug ist, der braucht kein System,
Hängt nach dem Wind den Mantel;
So dirigiert er ganz bequem,
Hat alles gleich am Bandel.

Ha, welche Lust, Minister sein
Und ein Portefeuille zu tragen,
Doch wer es ist, der habe fein
Stets einen guten Magen.

Und dem Himmel sei's gedankt; einen guten Magen hab ich. Die Verdauung ist die Hauptsache für einen Minister, schon wegen alle die Diners und Festessen, die einer mitmachen muß.«

Es kommt jedoch – im »Eulenschloß« – wie es kommen muss: Kasperl verliert seinen Ministerposten und wird – auf ohnehin abschüssiger Bahn – rasch zum Bettler. Gewöhnt an Wechselbäder, hält Kasperl den Kopf oben, folgert er auch – zunächst – pauschal, dass »das Menschengeschlecht treulos ist«. Die bessere Einsicht – aus dem Herzen, nicht aus dem Verstand – sagt ihm aber auch, dass er seine Grethl verlassen hat, also selbst treulos war. Er überdenkt die Strecke des zurückgelegten Weges, empfindet Schuld und Sühne als eines und weint herzergreifend über sein Versagen. Jäh hineingerissen in herbstliche Empfindungen, kündet ihm das Gewissen Frost und Blätterfall, ersteht ihm die Einsicht zu Gnade und Gericht. Vorher schon war ihm klar, daß auch er »kein Engel« sei. So gesteht er der Eule, die ihm bekennt: »Wisse, ich führte ein lasterhaftes Leben.« frank und frei, noch ohne Gewissensnot: »Ich bin auch kein heiliger Antoni.«

Sein Wissen (in »Casperl in der Zauberflöte«) um das »Guheimnis«: »Auf dieser Welt Alles hat ein End; aber eine Bratwurst hat zwei End'«, kennzeichnet und bestimmt Kasperls ganze Lebensphilosophie. Die 41 Stücke der sechs Bände zeigen Kasperl im Dienste vieler Herren, erlebnisgehärtet, durchtrieben, verschmitzt: es ist das Grundmuster. Erstaunlich, wie rasch und oft er in die Klemme gerät, wie viel Nüsse er zu knacken aufbekommt und wie viele Knoten lauern, von ihm gelöst zu werden.

Der Spaßmacher schafft es immer wieder, mit besonderem Glück, setzt sich durch, überlebt. Einmal wird er in ein übergroßes Ei gezaubert, ein andermal in einen Esel verwandelt oder gar zu den Wilden entführt; dem Teufel, der Kasperl in einem Sack wegschleppen will, entkommt er ebenso listig wie dem Kochtopf der Kannibalen. Als er einen artesischen Brunnen bohrt, bricht er mit der ganzen Erde ein und landet bei den Antipoden in Patagonien.

Dort heiratet er – in Notwehr – die kupferfarbene Häuptlingstochter Milipi vom Stamme der Leuwutschen. Er entkommt schließlich in einem Ballon. Zu beschaulichem Leben ist Kasperl weder geschaffen noch bestimmt. Er dient meist in untergeordneter Stellung, um so stärker hebt er sich dadurch von seiner Umwelt ab: der tölpelhaft scheinende, unbedeutende Diener überragt letztlich alle durch Schlauheit, Umsicht, Gewitztheit, durch Ausgriffe von List und Verwegenheit. Am Ende vermag sein Herr nichts ohne ihn; seine Lebensklugheit und Tapferkeit beschämt alle Stände. Zunächst freilich scheint er ganz sorglos, ohne Instinkt für Gefahr, ohne Wachheit aus Argwohn und Misstrauen. So gerät Kasperl, typisch nachbedacht, nur zu leicht in die Tinte: dann freilich wachsen ihm jäh Energien zu, Einfälle, Triebkräfte. Seine Abenteuer freilich entziehen sich bereits unseren Vorstellungen von Wahrscheinlichkeit.

Was Kasperl zu lösen aufbekommt, läßt sich nur in der Phantasie meistern und nachvollziehen: und dies weist – erneut – auf den romantischen Ausgangspunkt. Kasperls Taten sind letztlich nur Aktionstiraden, die mitunter den Eindruck erwecken, als springe ein Floh über die Pyramiden, als habe ein Zwerg den Mond in der Tasche. Kasperl, der Phantasie-Aufträge meistert, fort und fort, ist eine Schöpfung der Phantasie, in Märchenstimmungen eingebettet. Über manchem seiner Abenteuer, seiner seltsamen Späße und Sprünge ist ein feiner Schleier von Wehmut gebreitet; der Spaßmacher romantischer Poesie, zu der die Welttraurigkeit gehört, ist berührt davon.

Kasperl, von Pocci aus der grob-derben Sprache von einst erlöst, geht den Fragwürdigkeiten der Welt und des Menschen freilich nicht weiter nach. Weltelend und Vergänglichkeit, in die wir gerufen sind: von Wem? und Wozu? das furchtbare Gefolge von Einsamkeit, Leid, Angst, Krankheit und Tod; sie berühren ihn nicht weiter. Sein Wesen und Leben bedingt Schönwetterzeit. Er ist nicht auf Weisheit und Erkenntnis, nur auf »Magenstärkung« aus. In »Schimpanse der Darwinaffe« erhellt Grethls Klage das Bedingte in Kasperls Wesen: »No! jetzt ist's Zeit zu schlafen! Casperl! Auf! auf! Hast gar Nichts zu thun, als zu schlafen? Essen, trinken und schlafen – das sind deine Gschaften.«

Immer hat Kasperl Durst, dennoch ist für ihn Wasser ein »Miserables – geistloses – Fluidum«, und sein Leid ist Protest und Bekenntnis in einem: »Das Wasser ist ein Element, / Das ein gescheiter Mensch nicht kennt; / Zum Waschen laß ich's noch passiren, / Zum Trinken muß man's ignoriren.«

Nur zwei Arten von Flüssigkeit erscheinen ihm als zumutbar: Bier und Wein. In »Undine die Wassernixe. Romantische Sage in 4 Aufzügen mit Gesang« (nach Fouqué) läßt sich Casperl als Knappe des Ritters Huldbrand von Ringstetten – »etwas angetrunken« – folgendermaßen vernehmen: »Jetzt komm ich g'rad aus'm Keller heraus, wo ich mich mit Versteinerungen beschäftigt habe, z.B. mit dem Nierensteiner, mit dem Hörsteiner und anderen dergleichen Gewächsen. Alles in Ordnung befunden. Mein Herr Ritter ist ein ganz gescheiter Cavalier. Gleich nach seiner Verheirasplung hat er mir die Kellerschlüssel übergeben und hat gesagt: ›Hier ist die Klaviatur des Kellers; denn Du bist eine treue Seele und ein Mann des Vertrauens.‹ Und mein Herr hat ganz Recht gehabt und er ist in seinem Vertrauen nicht getäuscht worden; denn ich mische nie Wasser in den Wein. Ich trinke ihn immer pur und unverfälscht. Ueberhaupt bin ich ein Foind des Wassers und kann's gar nicht begreifen, wie's Leut giebt, die so viel Wasser trinken wie z.B. die Gemahlin meines Herrn Ritters; die hat eine wahre Passion auf's Wasser.«

Kasperls Appetitleistungen sind wahrhaft »enorm«: zu einem »kleinen Frühstück« gehören Wein, Bier, zwei Maß Kaffee, vier gebratene Hühner und ein ganzes Spanferkel. Ein Pfund Schweineschinken sind ihm lediglich »ein Happen«, und er bleibt hungrig und schickt auch noch zwölf Heringe und »eine Portion Walfisch« nach. Nicht grundlos rüffelt ihn Prinz Arnold (im »Aschenbrödel«): »Nichts als Hunger oder Durst heißt's bei Dir. Dieß ist deine Lebensaufgabe!« Casperl erwidert, dass »Essen und Trinken auch Ihre Löbensaufgabe« sei.

Als Turner von seinem Arzt gefragt »Wie steht's eigentlich mit'm Appetit« antwortet Casperl rundheraus: »Gar nit gut. Wenn ich sechs Leberknödel in der Suppen und acht paar Bratwürst auf'm Kraut gegeßen hab, da is mit'm Appetit schon vorbei.«

Im »Zwischenspiel« »Der Zaubergarten« begrüßt ihn Pomologus als vermeintlichen »Freund der Botanik« und »Naturkundiger«, worauf Casperl erwidert: »O ja. Ich durchforsche sehr die Natur; in jeder Hinsicht und bin Naturspundiger, weil ich's Bier immer am liebsten hab', wenn frisch angezapft wird.«

Die Schauplätze seiner Abenteuer sind zugleich Schauplätze seiner Esslust, und dies macht ihn auch allenthalben bekannt »wie's schlechte Geld«. In Ägypten (im Stück »Kalasiris, die Lotosblume«) z.B. empfahlen sich Kasperl die »Wirthshäuser« zum »himmelblauen Elephanten« und zum »rosenfarbenen Kamel«. In der Wüste erfleht Kasperl – via Luft – »Bratwürsteln und eine Bouteille Deidesheimer«.

Kalasiris,

die

Lotosblume,

oder

Kasperl in Aegypten.

Zauberdrama in vier Aufzügen.

Wo immer er auch ist: er bevorzugt einheimische Gerichte, nur von der »verflixten Bauernkost« will er nichts wissen. In »Herbed, der vertriebene Prinz« im fernen Allahbad befiehlt er seiner »Gschlavin« (d.i. Sklavin) Myrrha: »Marsch hinaus in die Kuchl! Knödl will ich haben! Sauerkraut! Schlegelbraten! Bratwurst! Rahmstrudel! Zwetschbendatschi!« Schulden hat Kasperl übergenug und da er häufig betrunken ist, auch übergenug Schwierigkeiten mit der Polizei. Befragt, umschreibt er (in »Casperl wird reich«) selbst aufs knappste seinen Lebensbereich: »Bin ich nicht im Wirthshaus, so bin ich auf der Polizei! berlicke, berlacke!« Im »Europäisch-Egyptischen Drama mit klassischer Musik in drei Aufzügen«, »Casperl in der Zauberflöte«, wünscht sich der Polizeidirektor von Casperl: »Ich möchte doch einmal Ruhe haben von Ihnen. Jetzt haben wir auf der Polizei schon einen ganzen Actenstoß Personalia über Sie! Nicht wahr, Herr Actuar? – Griesmaier: Zu dienen, Herr Director. In diesem Jahr schon 632 Einlaufsnummern, allein Herrn Casperl betreffend, da beißt die Maus kein' Faden ab. – Director: Und meistens Lumpereien, polizeiwidrige Aufführungen und dergleichen!« Keine Frage: in allem ist die Polizei stets die Dümmere: und hätte sie ihn auch!

Frech und ein Plappermaul, ist Kasperl obendrein verschwiegen wie eine Litfaßsäule. Das merkt auch (in »Die drei Wünsche«) der Holzhauer Martin: »Sie sind eine Art Plappermühl.«

Doch ist Kasperl die verkörperte Dienertreue. Fleißig aber nur, solange man hinter ihm steht. Arbeiten ist nicht seine Sache, das Denken ebenso wenig, der Bierkrug bleibt in allem Richte und Maß: »Unter allen Künsten ist die Trinkkunst die erste; denn bei der geht alles in den Menschen hinein und man hat etwas davon und müd wird man auch nit dabei.« Das gilt zugleich einem Typ, der im gewohnten Trott des Alltags verspießert dahinlebt, eingeebnet ins Philistertum, bar geistiger Ansprüche: Pocci hatte sattsam Gelegenheit, ihn zu beobachten, zu erleben; er reagierte mit Humor, auch in grotesker Häufung von Details, ohne Ausgriff in bösen Spott; Pocci kennt kein Schwelgen im Krassen, keine zynische Parodie, keine optische Roheit, nicht die unheimliche Kälte des Gedankens im Blick auf die Kreatur Mensch. Nichts in ethischen Werten wird zynisch zur Kehrseite erklärt. Mitgefühl hält einem so beschaffenen, welkenden Wesen seine Fehler und Schwächen vor. Größer als sein Glaube an Phönixe ist sein Wissen um Pechvögel, und er weiß um »Gerechtigkeiten«, die nicht sein, nicht geschehen dürften. Leben erträglich zu machen, gelingt einzig dem Humor, durch Einsicht und Erfahrung unendlich vertieft.

Bemerkenswert zahlreich sind Kasperls Wortspielereien, Wortwitze und Wortverdrehungen (die schon dem Dultkasperl gemäß sind). Sehr häufig ist auch die Aprosdokese, bei der – zu komischer Wirkung – unsere Erwartung enttäuscht wird: »Mut? Das ist so viel wie Kuraschi, nein, das ist nicht meine schwache Seiten!« – »Und ich sehe überhaupt mehr auf gute Behandlung als auf schlechten Lohn.«

Die Kunst des Wortverdrehens übte Pocci souverän: hierin übertraf er sogar das Fastnachtspiel des 15./16. Jahrhunderts und die Komödie »Horribilicribrifax« des Schlesiers Andreas Gryphius (1616-1664). Insgesamt gängige Mittel, im Publikum die gewünschte Resonanz zu finden. »Diese Witze«, schrieb Heinrich Keiter geringschätzig, »verfehlen allerdings beim Volk kaum ihre Wirkung, aber sie sind doch die schlechteste Sorte.« Das läßt wesentliche Bedingungen des Kasperlspiels außer Betracht. Zahlreiche Fremdwörter, nicht selten lustig verballhornt, in skurriler Zusammensetzung, ihrer Wesensherkunft launig entfremdet, dienen der Charakterisierung, unerlässlich als komisch-satirisches Mittel, zugehörig der Grundstruktur.

Pocci hat auch den Wortschatz des Dialektes – das Quellend-Ursprüngliche – einbezogen und voll ausgeschöpft: mit Vorliebe zog er dabei Schmellers Wörterbuch zu Rate, dessen erste Auflage er besaß. Zahlreiche Diminutivformen sind der Mundart abgelauscht, sie bestimmen und kennzeichnen das Gemütliche der naiven Rede im Miteinander; der dialogische Sprachgrund reicht somit ins Familiäre, Eigennahe und ist der Kleinbühne angemessen. Solche Verkleinerungsformen sind auch und gerade dort unerlässlich, wo schönredende Verschlagenheit, schöntuende Falschheit charakterisiert und entlarvt werden sollen. Ein Redemittel, das dem naiven, schlichten Volk durchaus entspricht, doch alles Traulichnahe verliert, wenn es vorsätzlich und übersteigert verwendet wird.

Die Sprache der Puppenspiele hält im allgemeinen die Mitte zwischen Mundart und reinem Hochdeutsch. Nur der Kasperl spricht unverfälscht Münchnerisch, ihm allein eignen Ausdrücke, die nur dem Einheimischen – mit allen Tönungen und Zwischenfarben – ganz verständlich sind. Abgesehen von den reinen Märchengestalten gilt für alle anderen Personen die Umgangssprache, eindeutig mundartlich gefärbt, wie sie der Münchner in Wirklichkeit pflegt. So äußert sich z.B. Kasperl über das Rothkäppchen: »Das ist wirklich a liebs Kind. Mir redt's aber z' hochdeutsch. Das kommt aber von dem neudeutschen gstudierten Lehrer, den's in der Schul hab'n. Bei dem verlernen die Kinder ihre angeborene Nationalitätsbauernsprach und werden alle Hochdeutschdümmler.«

»Hochdeutsch« wird mit »vornehm« gleichgesetzt und als ungewohnt fremdartig empfunden. Als Kasperl die Grethl (in der »Prüfung«) geschwollen hochdeutsch anredet, erwidert diese: »Geh, sey nit gar so hochdeutsch!« Das sich vornehm gebende Hochdeutsch prangert er übertreibend an z.B. im »Blaubart«-Stück: »In jönem öpheuumrankten Oerker, wo die Turtel-Tauben nisten, vernahm ich das Jawort der Mamsell Bertha, welche die Infamität begöhen will, sich von Ihnen entführen zu lassen.« Oder in »Kasperl als Prinz«: »Sullte ich in das feenhafte Reich des Zauberlandes der höheren Phantasie entrückt soyn ... Sollte ich auf den Standpunkt der materiellen Errungenschaften angelangt soyn, wo der Mensch als Mensch in höherer Bedeutung ...«

Als eine »ältliche, aufgeputzte Madame«, die sich malen lassen will, nach dem »Porträtmaler« Schmierpinsel fragt, antwortet ihr Kasperl in »affectirtem Hochdeutsch«: »Ja und vielmehr; sehr ja, allerdings! Ich bin nicht so fast Schmierpinsel als berühmt und deshalben zu einem so außerordentlichen Renomage gelungen, daß ich alle diejenigen für ungeheuer dumm zu halten Gelegenheit gefunden habe, die sich nicht von mir haben ab- und anschmieren lassen ... Dünstler (d.i. Künstler) hin, Dünstler her! Mein Beströben geht vorzüglich da hinaus oder vielmehr da hinein, wo das Bedürfniß zur Menschheit spricht und der Verstand still zu stöh'n anfangen möchte! Ich bin nämlich ein Genie!«

Kasperls geschraubtes, gestelztes Hochdeutsch ist in Poccis Spielen ein Mittel des Grotesk-Komischen.

Zum Komisch-Satirischen rechnen auch – besonders in monologischen Selbstansprachen – die absichtlichen grammatischen Fehler, die das Lachen mitunter förmlich erzwingen.

In Wortklaubereien ist Pocci geradezu ein Vorläufer Karl Valentins. Oft will der oder jener die übertragene Bedeutung eines Wortes nicht gelten lassen und dieses wortwörtlich verstehen. So antwortet Kasperl, in »Albert und Berta« auf Alberts Frage, wohin der Weg gehe, dass der Weg eigentlich nicht geht. Sagt Berthold: »Mein Weib braucht das Holz zum Kochen«, meint Kasperl lakonisch: »Dann müßten wir ja Holz essen.«

Pocci war kein Mundartschriftsteller, doch Herr (und Genießer) jeder Nuance des Münchner Dialekts. Poccis Komödien entstammen dem maximilianeischen München; ein Zeitspiegel, in nicht wenigen Äußerungen gültig bis auf den heutigen Tag. Sie bergen zugleich ein verschollenes Stück Münchner Kulturgeschichte. Wir sehen in Poccis Puppenspiel, was längst vergangen ist, und hören, was Echo bleibt.

Der Romantiker von Geblüt, von süchtiger Liebe zum deutschen Mittelalter, verleibte seinen Komödien nicht selten archaisierende Bestandteile ein, ersichtlich in Wortwahl und Satzbau. Pocci, der u.a. auch Erzählungen frei nach Christoph von Schmid dramatisierte: »Heinrich von Eichenfels« (1858) und »Das Täubchen« (von Pocci in »Die Taube« umbenannt; Kasperl spukt darin als mittelalterlicher Torwärtel), gab ihnen dadurch ein Mehr an Atmosphäre und Farbe.

Poccis Prosa ist auffallend häufig mit Reimen und Assonanzen (also mit Gleichklängen der betonten Vokale bei Verschiedenheit der Konsonanten: Berg-Feld z.B.) versehen. Hierin hatte er v.a. einen Lehrmeister, dessen Werke er mit Eifer und großem Gewinn las: den Augustinermönch und Wiener Hofprediger Abraham a Santa Clara (Ulrich Megerle, 1644-1709), volkstümlich derber Kanzelredner und Satiriker.

Wohl die beste seiner parodistisch-romantischen Puppenkomödien ist »Dornröslein. Romantisch-humoristisches Märchen in drei Aufzügen.« Ein köstliches Gemisch aus vorsätzlichen Anachronismen, durchwirkt von sarkastischem Humor. Ein Märchenland tut sich auf, von »König Purpur« regiert, »Königin Hermeline« zur Seite. Prinzessin Röslein, ihre Tochter, ist voll Liebreiz, ein modernes Romanfräulein vom Scheitel bis zur Sohle. Der sehr ritterliche Prinz »Minnamunt« befreit die Königstochter aus dem Zauber, den böse Feen über das Schloss und die Jungfrau verhängten. Der Dichter »Lautenklang«, begleitet von seinem lustigen Famulus Christoph, hat die Märchenhandlung dichtend durchlebt und stirbt, hochbefriedigt über den glücklichen Ausgang: »Nun stirbt der Sänger gern. / Der Laute Saiten springen und es bricht / Sein Herz; dort oben winken lichte Höh'n. / Lebt wohl! Im Reich der ew'gen Poesie / Seh'n wir uns wieder! Heil euch, lebet wohl!«

Seine Geschichte ist dem Märchengeschehen eingewebt: der Sänger »Lautenklang« – kein anderer als der »berufene« Dichter Geibel – lebte seit fünfzehn Jahren am Hofe des Königs, lange geehrt und unangefochten, zuletzt in schwerer Bedrängnis:

Weh mir! unsäglich ist mein inn'res Leiden,
Vergebens such' ich längst nach einem Stoff,
Nach einem Stoff, der sich zum Drama eignet;
Bisher schuf ich nur immer Lyrisches:
Sechs Bände liegen auf in allen Laden,
Doch hat der Lesekreis längst g'nug daran.

Stoffnot also ist sein Leiden: da alle Welt, unseligerweise, von ihm, dem Lyriker mit der Sprache des Gefühls und hohen Gedankenfluges, ein Drama erwartet, immer stürmischer fordert. Kasperl-Christoph versteht ihn auf seine Art: »Das war einmal ein vernünftig Wort. Der Stoff, ja der Stoff! der ist und bleibt die Hauptsache. Allein unsere Ansichten darüber sind sehr verschieden. Mit Euerm Stoff locke ich keinen hungrigen Hund unter dem Ofen heraus; aber mein Stoffbegriff ist praktisch. Stoff, wie ihn unser lieber Herrgott geschaffen hat; Stoff der zur Erhaltung der Menschheit da ist: Eßbares, Trinkbares und dergleichen.«

Es fehlt auch sonst nicht an Seitenhieben auf verstiegene, weit überzogene Ansprüche, auf überschätzte Größen und unterschätzte Könner. Wenn »Hermeline« z.B. von »Lautenklang« erwartet, ihr »Röslein« nicht »durch Schwärmerei und romantisch Wesen« verstiegen zu machen, dann aber verlangt, auf sie »kulturhistorisch« einzuwirken, war jedermann bewusst, wer da – mit ausgestrecktem Zeigefinger – gemeint war: kein anderer als der Kulturhistoriker Wilhelm Heinrich Riehl (1823-1897), Verfasser von Kulturstudien und von geschichtlichen Novellen aus vielen Jahrhunderten: wunderbar eindringlich erzählt auf der Spur des Vergangenen, Vergessenen, Verschollenen, ergründet und wiederbelebt mit feinsinnig malenden Worten.

»Lautenklang«-Geibel, der selbstbewusste Lyriker (im Manuskript des Stückes prosaisch und schlicht »Müller« genannt), voll Ehrgeiz, auch im Drama den ersten Platz einzunehmen, verfolgte eifersüchtig, mit ängstlichem Argwohn alle neuen Bühnendichtungen, Rivalität und Überflügelung fürchtend, Schreckträumen nah. Als Pocci dem Freunde 1859 das »Komödienbüchlein« übersandte, spielt er darauf feinironisch, spöttisch-begütigend an: »... das ist nicht unser Fall, drum mag's passieren.«

Eine abschließende Anmerkung: In »Casperl als Porträtmaler«, »einem malerisches Lustspiel« ist der – fatale – Künstlerneid in Gestalt des Porträtmalers Schmierpinsel, dem Casperl als »Farbenreiber und Stiefelwichser« dient, köstlich verspottet.

Franz Hanfstaengl (1857):
Franz von Pocci

Franz Graf Pocci hat auch volkstümliche Spiele verfasst, darin nach Höherem gegriffen, allerdings nur Achtbares erreicht. Der schwermütige Mann empfand die Unerbittlichkeit des Zu-Ende-Gehens in allem: Schon mit dem ersten Atemzug beginnt unser Enden! Und er wusste um eine letzte Wirklichkeit, die Angst macht, in allen Zweifeln enthemmt.

Der Dichter wollte – vorweg – zeigen, was ein Leben aufbaut oder vergeudet, zerstört; was stark macht und Mut gibt. Echte Fröhlichkeit hat den Ernst, die Melancholie zum Untergrund; sie orientiert sich an den – wenigen – Lichtpunkten in der irdischen Finsternis. Dichtergeist ringt den Träumen Hoffnungen ab; aus Grundschichten der Einfalt wächst die Zuversicht. So war es Pocci gegeben, gleicherweise zum Einzelnen wie zum Volk zu sprechen. Sein bedeutendstes Volksdrama »Gevatter Tod«, den »Kinder- und Hausmärchen« der Brüder Grimm entnommen, wurde erstmals am 14. Mai 1855 auf der Bühne des Bürgervereins von einer Privatgesellschaft – weit mehr schlecht als einigermaßen recht – aufgeführt, wenig später im Musikverein wiederholt, am 10. Dezember 1858 auch im Münchner Hoftheater – vor zurückhaltendem Publikum – gespielt.

Die Musik hierzu, bestehend aus der Ouvertüre und dem Marsch der Dorfmusikanten (im Vorspiel) sowie einem Mai- und Trinklied, schuf der junge, frühvollendete Komponist Christian Seidel (1832-1861), dessen »Jugendlieder-Heft« (mit den zu Poccis »Frühlings-Einzug« dreistimmig komponierten Liedern) 1859 erschien. Wie der Dichter selbst hervorhob, knüpfte er an die »alten Mysterien« an, Einzelheiten verdankte er (neben den Brüdern Grimm) auch Ludwig Bechstein (1801-1860).

Ein armer Bauer, verzweifelt über den Kindersegen, wünscht sich den Tod herbei, der auch sofort da ist, aber sich des Mannes erbarmt und Gevatter seines Kindes wird: »Ich will dein Kind reich und berühmt machen, denn wer mich zum

Freunde hat, dem kann's nicht fehlen.« So ist es. Das Patenkind des Todes wird – mit dessen Hilfe– ein weit berühmter Arzt; als er jedoch den kranken König und dessen Tochter durch eine List rettet: wider die Abmachung mit dem Tode! läßt ihn dieser sterben.

Der Mensch ist der Vergänglichkeit unterworfen, und keine Schranke tut sich auf. Diese einfache Fabel hat Pocci dramatisiert, im einzelnen erweitert und vertieft. Der Tod tritt nur im Vorspiel auf, wo er sich dem armen Menschenkind als Gevatter anträgt, und zu Ende des Geschehens, das der Tod mit mahnenden Worten beschließt. Im Mittelpunkt der eigentlichen Handlung steht der Wunderdoktor Albertus, eine Art Dr. Faust aus dem »gothischen« Zeitalter, unweit auch der halblegendären Gestalt des Albertus Magnus. Poccis Doktor Albertus rettet die Herzogstochter und Verlobte des Prinzen Andrea von Bologna, Rosamunde, der er schon einmal geholfen hat, von schwerem Siechtum, dessen Ursache er selbst ist: seit sie ihn gesehen, ist er der »Hort ihrer Schmerzen«, siecht Rosamunde an Liebeskummer dahin. Albertus ist jedoch an die geheimnisvolle Waldfrau Belladonna gebunden; ein Wunderspiegel offenbart ihr seine Untreue. Ihr Gift tötet Rosamunde; Doktor Albertus ruft verzweifelt nach dem Tod und will an seinem Lebenslicht das erloschene der Geliebten entzünden. Der Tod läßt dies nicht zu und nimmt Albertus gewalttätig das Leben. Er verabschiedet sich von den Zuschauern mit der Mahnung: »Gedenkt der letzten Dinge!« [S.149:]

Der Tod allein – Letztes steht hier in Letztem – bringt menschliches Schicksal zu seinem Sinn. Es ist bitter, dass vergeht, was so schön war, unbarmherzig schließt er den Jahrmarkt der Eitel- und Begehrlichkeiten! Zu Ende ist das Feuerwerk der Scheindinge, des Scheinbegreifens, das Eigentliche kommt auf uns zu. Die irdischen Dinge sind wie Wellenschlag, der verebbt. »Wer auf Träume hält«, lehrt schon der antike Weise, »der greift nach dem Schatten«. Ins Endliche werden wir hineingeboren, untertan der fließenden, rinnenden Zeit: »Denn sind wir Menschen nicht gleichsam von der Hand des Schicksals aufs Rad des Jahres geflochten?« fragt Matthias Claudius; beseligt zugleich aus dem Wissen: »O wie schön, wie schön ist der Mai!«

Moritz Carriére schrieb über Poccis »Gevatter Tod« am 24. Februar 1855 in der Augsburger Allgemeinen Zeitung, der Dichter habe mit seinem Werk »einen sehr glücklichen Griff und höchst anerkennenswerten ersten Schritt zu einem ernsten deutschen Volksschauspiel getan, indem er das bekannte Volksmärchen dramatisierte und zwar nicht wie Tieck, um das Stück selbst zu ironisieren und die Personen zu Trägern moderner Anspielungen zu machen, sondern vielmehr die der Sage zugrunde liegende Idee klar herauszugestalten.«

Mehr als ein Kritiker begrüßte das volkstümliche Spiel »als Beginn einer neuen Richtung«.

Johann Peter Hebel verdankte Pocci den Stoff zum zweiten Volksdrama »Der Karfunkel« (1860), dem er nach mehreren Gestaltungsversuchen – zuerst als »Michel der Feldbauer, Volksdrama in 3 Aufzügen«, am 17. Januar 1858 in Schweigers Vorstadttheater (mit Marie Geistinger als »Katharine«) aufgeführt – die gemäße Form geben könnte. Von Anfang an beherrscht das Dämonische die Szene: der Teufel selbst spricht – als Jäger »Lux« – den Prolog und gibt sich ausdrücklich – fern jeder Grundzweideutigkeit – als der »böse Feind« zu erkennen, der Jagd auf die Seelen macht. Herr über alles Böse, das er in unendlicher Mannigfaltigkeit des Möglichen in sich befasst. Michel, der reiche Feldbauer, ist sein Opfer, er macht im Wirtshaus – wo sonst! – die Bekanntschaft des fremden Jägers, und ist von dieser Stunde an den Teufelsmächten ausgesetzt, preisgegeben in die Tiefe der Armseligkeit, ihr verfallen. Selbst sein braves Weib, Katharine, kann ihn nicht retten, die Heilkräfte ihrer Liebe versagen. Erfasst vom Grundwesen des Bösen, ersticht er sie in verblendeter Wut.

Michel, der arme reiche Mann, Bild der Menschenverlorenheit, wird zu keinen Erlösungszielen geführt; das Böse wirft immer längere Schatten in das sinkende Licht; in die Enge getrieben, das Herz zur Eisgrube erstarrt, schon tot im Schweigen des Wesens, läßt sich der Feldbauer am Ende vom Bösen zum Selbstmord überreden. Der Teufel hat sein Spiel gewonnen: durch Begehrlichkeit, Trunksucht und Rauflust, durch das Absinken von Stufe zu Stufe mit psychologischer Folgerichtigkeit, dem bösen Willen zuletzt wehrlos ausgeliefert. Furchtbare Dinge geschehen zu volkserzieherischer Wirkung. Pocci malt plakativ mit den kräftigsten Farben, klar und einfach im Aufbau wie in der Sprache. Scharf belichtet treten die Hauptgestalten der Handlung aus dem Geschehen heraus, zu Kontrastwirkungen im moralischen Blickfeld, ganz ausgerichtet auf den begreifenden Eindruck. »Wir denken uns die Wirkung dieses Stückes, wenn es auf einem Dorftheater, wie in Oberammergau, aufgeführt werden könnte«, schrieb Julius W. Grosse in Nr. 172 der Neuen Münchner Zeitung vom 20. Juli 1860, »von einer erschütternden Gewalt und heilsamer als 20 Polizeigesetze gegen Spiel, Trunk, Rauferei, Schatzgräberei und dgl., denn die Wahrheit ist hier fast größer als die Kunst.«

Das dritte Volksschauspiel Poccis: »Der wahre Hort oder Die Venediger Goldsucher«, ist freie Erfindung des Dichters, keiner Vorlage verpflichtet. Die Gier nach Gold ist auf eine sehr intensive Weise Mitte des – wechselvollen – Bildes. Ein junger armer Kaufmann erhält zum Dank für eine gute Tat von einem »Venediger«, der – Sagen und Gerüchten nach – in den Tiroler Bergen Schätze und Gold zu heben weiß, die Mittel für ein eigenes Haus und Geschäft. Die schneidende Schicksalswendung tritt ein. Goldhunger ist wie eh und je der – abgrundnahe – Weg ins ewige Elend; der Zuschauer empfindet suggestiv die Tragödie, die sich dunkel entfaltet. Über der Besitzgier vergisst der Kaufmann beinahe seine schöne herzensgute Braut. Deren Vater ist unter die Räuber gegangen (zu stärkerem Wesenskontrast), es gelingt ihr jedoch (auf Sendung und Schicksal hin bestimmt), ihn zur Umkehr zu bewegen. Ausgesöhnt mit der Welt, nicht in die Leere des Trotzes, der Verbitterung getrieben, stirbt er an einer Wunde, die er »als Räuber empfangen« hat.

Das bringt den Kaufmann zur Einsicht, sie entreißt ihn – mit Antworten auf neuerlebte Fragen – der schweren Stimmung der Gottverlorenheit. Nicht Geld, nicht Gold und Reichtum sind der »wahre Hort«, sondern, hell und mächtig, die selbstlose Liebe eines edlen Herzens. Der Schluss ist versöhnlich, nicht tragisch: zur großen Überraschung des Publikums, das unter dem Eindruck der vorausgegangenen Volksschauspiele Poccis ein furchtbares Ende aus fundamentaler Gegensätzlichkeit, wahre Höllenstürze erwartete, keinen Fingerzeig auf das Wesentliche: die Einbruchstelle des Bösen, vielmehr einen Hammerschlag. »Der wahre Hort«, als Drama in vier Aufzügen, wurde von dem populären Schauspieler Otto Meyer – bühnenwirksam in fünf Akten – bearbeitet und am 8. März 1873 im Münchner Volkstheater am Gärtnerplatz mit großem Erfolg aufgeführt und mehrmals wiederholt.

Dieser Teil seines Schaffens, so (volkspädagogisch) Wirkungsvolles Pocci auch davon erwarten mochte, bedeutet künstlerisch nicht viel. Vereinzelt sind brauchbare Mittel eingesetzt, und manche Szene hat Kontur, das Ganze jedoch besitzt aus keinem eigengültigen Grundtext bestimmenden Ausdruckswert. Dem Walten des Verhängnisses und der Macht des Grauens fehlt die urtümliche Tragik. Dem Werte-Zwielicht ist keine dialektische Sinn-Sprache abgerungen. Das Bild- und Gestaltungsvermögen bleibt bieder, die ästhetischen Darstellungswerte sind gering.

Als Zeichner und Dichter von Rang erweist sich Pocci dagegen in einem anderen volkstümlichen Werk, dem »Todtentanz in Bildern und Sprüchen« (1862).

Todtentanz

in

Bildern und Sprüchen

von

Franz Pocci

Seinem schwermütigen Ernst lag die Idee des Totentanzes nahe. Immerfort geht um uns, in uns etwas zu Ende, tritt der Tod – jäh und schrecklich – in die Stunde, den Tag: er ist ein

Element des Lebensganges, der – wie alles – in der Zeit steht: und Zeit ist Vergehen. Vom Ende aus betrachtet währt unser Hiersein unsäglich kurz. Die Lebenszeit rinnt aus, unerbittlich, wie der Sand im Stundenglas.

Poccis Vorbild in diesem Motivbereich war Hans Holbein d.J. (1497-1543) mit seinem weltberühmten Totentanz (1538). Erste Holzschnitte und Radierungen Poccis zeigen den Tod als Kartenspieler, als Sensenmann, der durch ein Kornfeld geht usw. Eine erste Auswahl von Bildern dieser Art, mit Gedichten vereinigt, gab Pocci zusammen mit »Reding von Biberegg« (d. i. H. Holland) 1855/56 unter dem Titel »Altes und Neues« heraus, 1857 auch als Privatdruck (von 36 Seiten Umfang): acht kleine, sehr eigentümliche Initialen mit Darstellungen des Todes.

Die deutsche Sprache gab den Versen eine schöne Feierlichkeit, zu lauschendem Gehör. Ein Zeitgenosse umschrieb seinen Eindruck in Nr. 298 und 306 der »Neuen Münchner Zeitung« (1856): »Wir legten das Heftlein in einer Stimmung aus der Hand, als hätten wir lange vor Cornelius' 'Jüngstem Gericht' gestanden. So al fresco ist diese Poesie: einfach, gewaltig, erschütternd.«

Im Sommer dieses Jahres weilte Pocci zur Kur in Ostende: Schwermut hatte diesen Aufenthalt – auf einem Nullpunkt der Stimmung – erzwungen. Pocci kannte seinen inneren Zustand und erhoffte nur Beruhigung, keine Heilung: »Die Meereswelle hat wohl meine äußerlichen Nerven gestärkt«, schrieb er dem Freunde Justinus Kerner am 26. November 1856, »allein zu jenen Fasern, die die Seele mit dem Leibe verbindet, zu ihnen kann kein stärkender Tropfen dringen, und wir poetische Gemüter sind unausgesetzt den Schwingungen unserer Schwermut heimgefallen! Das verstehen freilich andere nicht und wir werden verlacht oder Narren gescholten! - bleibt uns aber doch der höchste Genuss geistiger Erzeugung, dessen die Alltäglichen nicht teilhaftig sind.«

Auch Pocci vernahm – und tiefer als viele – das eigentümlich bittere, eigentümlich schwermütige Klagelied über das Sterben des Schönen und Vollkommenen auf Erden. Welche Trauer: herrlichstes Leben, in Gräber eingeschlossen für immer! Wohl unerreichbar der messenden Zeit, aber auch der Seligkeit des Lebens und Liebens. Was der untergehenden Sonne nachbleibt, ist Erinnerung, eine lange Dämmerung, gleich jener, die der aufgehenden Sonne vorausgeht: als metaphysisches Hoffen.

Pocci schuf in der Folge nahezu hundert Totentanzblätter, das Motiv ließ ihn nicht mehr los. Der Zyklus, dem ungezählte Stunden der Melancholie zugrunde liegen, rechnet zum künstlerischen Höhepunkt seines Schaffens. Pocci, der 1856 das Grimmsche Märchen vom »Gevatter Tod« für die Bühne bearbeitet hatte, widmete ihm ein aufschlussreiches »Nachwort«:

Ist euch das Märlein von dem Tod
Wohl gar zu ernst gewesen,
So denkt, man soll in diesem Buch
Nicht immer Lust'ges lesen.
Der Knochenmann ist einmal da,
Und ohne viel zu fragen,
Tut er durch Stadt und Landrevier
Mit seiner Sense jagen.

Pocci vergegenwärtigt den Tod als stete Bedrohung: Sprüche, Strophen und Lieder begleiten den Zug der Bilder. Unter den Jahreszeiten ist ihm die graue Traurigkeit des Vorwinters gemäß. Der »Todtentanz in Bildern und Sprüchen« (1862) zeigt den Tod – u.a. – als Schnitter, Kindesmörder, Holzweib, Fährmann, Bogenschütze, Bergführer (siehe Bild S. 170), Glöckner, Ministrant, Leichenkutscher, Holzsammler, Fähnrich und als Totengräber. Romantisch-parabolische Spielarten markieren die Wege des Todes, im Schwinden der uns zubemessenen Zeit.

Wir sind nur Gäste auf Erden und stets im Aufbruch: einmal und unabwendbar geht er auf uns zu. Das memento mori hallt in die Abendgedanken des Greises, und düster hebt sich über dem Friedhofstor die Mahnung des »Venit hora«.

Poccis Denken ist jeder Zynismus fremd. Der gläubige Dichter ahnt ohne Wissen, was im Verborgenen zu Ewigkeiten wirkt. Der Friede der Toten ist nicht die Leere des Nichts. Als nächster Zeuge erschütterndster Untergänge vermochte Pocci nachzuempfinden, was Menschen an offenen Gräbern bewegt, an Gram und Schmerz über so jähe Trennung, so frühen Tod. Poccis Darstellung des Todes fehlt das Entsetzliche des zynisch Nihilistischen. Ihm ist die Frage nach dem Warum menschlichen Leidens kein »Fels des Atheismus« (Georg Büchner), Leben kein sinnlos treibendes Geschehen. Er glaubt in allem an Gottes »Ratschluß«, erfüllt von dem, was das Abendgebet seiner Kirche sagt: »Eine ruhige Nacht und ein vollkommenes Sterben schenke uns der allmächtige Gott!« Pocci versteht den Tod – aus seinem Glaubensverhältnis zu Gott – als das Vollendende, als abschließende Gestaltgebung, als – leidvolle – Notwendigkeit, als Befreiung aus allen Unzulänglichkeiten des irdischen Lebens. Der »Tod als Freund«, d.i. Rethels Motiv. Pocci zeigt sich auch davon berührt: eines seiner Totentanz-Bilder gewährt von einem Turm aus – mit sichtlichem Behagen – den Anblick einer geruhsam friedlichen Stadt. Der Tod läutet ihr den Abendsegen. Ergriffen fühlt der Dichter das Unfassbare und doch so Gewisse des Todes tief in sich hinein:

»Dort steht der Glöckner und zieht den Strang,
Es tönt des Abendsegens Klang:
Das letzte Mal vielleicht ist's heute,
Daß du vernimmst dies Ruhgeläute;
Der Morgenglocke heller Ton
Dein offen Grab begrüßet schon.«

Wieder und wieder veranschaulicht Pocci den Tod als unerbittlich gerecht: hoch und niedrig, arm und reich, alt und jung, es ist ihm gleich! Taub für jede aufrauschende Klage, ist er reiner Vollzug, Gottes unerhörte Eingebung. Das Allwaltende des Todes ist das eindringlichste Bild.

Er wächst im Verborgenen, zunächst, hält dann jäh die Grabtür offen. Allein im Wissen um den Tod erarbeitet sich das Leben seinen Sinn, gewinnt in diesem den letzten Gehalt und die letzte Gestalt. So fehlt auch in Poccis Totentanz das unsäglich Bange. Das Schlussbild zeigt den Tod als Hüter und Pfleger des Kirchhofs, der ihm anvertraut ist von Gott und seit Ewigkeiten: es ist ein Garten in abendlicher Ruhe; keine furchtbare, eiseskalte Erscheinung hütet den Eingang zum ewigen Rätselreich.

Die Neigung zur Abendstimmung hat in Poccis Bild ahnungsvollen Dämmerungston: hin zum Abendlicht der großen Verklärung, nah der Pastoral-Elegie aus arkadischen Gefilden. Dazu der Vers:

»Das ist der Garten, der immer gleich
Gezieret ist mit Blumen reich;
Das ist der Gärtner, der rastlos schafft
Und dessen Arm niemals erschlafft;
Das ist der einz'ge Ort hienieden,
Wo alle ruhn in stillem Frieden.«

An die »Totentanzbilder« schließen sich ideenmäßig Poccis »Aschermittwochbilder«. Eines lautet bündig: »Der Tanz ist aus!«

Spielleute und Musikanten kehren am frühem Morgen heim, die Festhalle ist leer, der Jubel verrauscht. Eine verhüllte Gestalt, unweit eines Mausoleums, tritt ihnen bußpredigend mit brennender Kerze in den Weg. Über ihm wird der »Gevatter« sichtbar, er streift die Schellenkappe ab und grinst hintergründig-schadenfroh: unüberhörbar ist die Stimme der Vergänglichkeit, sie begleitet den Menschen zeitlebens. So schnell wird Gegenwart Vergangenheit, und was Morgenrot der Zukunft scheint, ist nur letzte Abendglut.

Ein anderes »Aschermittwochbild« zeigt den weisen Sirach in weltferner Einsamkeit, Studien hingegeben: durch den Hintergrund der eindämmernden Landschaft bewegt sich ein Leichenzug: »Alles, was aus der Erde kommt, muss wieder zu Erde werden!« Das Verwesliche verwese! Der grundtiefe Klagelaut löst sich schwermütig in Stille und Nacht. Pocci nahm auch Kinder ins Bild: sie spielen im Wald und flechten Blumen zu Kränzen, noch im Frühlicht ahnungsloser Existenz. Der Mensch muss weiter in ewigem Wanderzug: vom Morgen zum Abend, zwischen den Polen seiner Natur: dem Ausgreifen in alle Weiten, als Pilgerfahrt nach dem Unerreichlichen, und der Enge, im ergeben-stillen Ertragen unüberwindlicher Schranken.

»Die Welt betrügt«, ist eines der Leitworte des Barock. Pocci machte es sich zur Aufgabe, dies anschaulich zu machen in Wort und Bild, volksnah verständlich: einem Menschen ins Gewissen, der pfennigklug ist und talerdumm, uneingedenk der Inschrift auf jedem Zifferblatt: »Jede Stunde / Schlägt eine Wunde / Und die letzte / Bringt der Tod.«

Der Volkserziehung im besten Sinne des Wortes diente auch das »Bauern ABC« (1856), von 115 Seiten Umfang mit einem Titel und 24 Initialen. Pocci selbst verstand das Werk als »eine Art humoristischer Hauspostille, humoristisch in lebenden Bildern, verbunden und getragen von einem goldenen Faden religiösen Gehalts«.

Der Aristokrat erweist sich darin als Freund und Kenner des Landvolks; aufs anschaulichste ist der bäuerliche Jahrlauf geschildert, in den Arbeits- und Festzeiten, im täglichen und sonntäglichen Brauchtum, empfänglich für provinzielle Lokalfarbe. Sichtlich bemüht, dem schlichten Wort wieder echten

Sinn zu geben, er macht es deshalb klar und verlässlich. Pocci erinnert an den evangelischen Begriff der Barmherzigkeit, eingedenk zu sein des Aufrufs, »dem Nächsten zu dienen umsonst«.

Das Wohl der Dienstboten liegt ihm besonders am Herzen. Der Blick gilt einer Menschenart, in der noch schlichte Einfalt und sinnliche Stärke – zusammen mit der Ethik der Treue – eine Einheit bildeten, gott- und erdverbunden voll Halt und Stetigkeit. Pocci zeichnet auch das (Wunsch-)Bild des Dorfes, das Heimat und Einkehr ist, eine Mitte des Friedens, des Enggehüllten, Vertrauten. Manches Bild gewinnt besondere Anschaulichkeit und Lebensnähe in der Strichelung des Hintergrunds.

Tod und Friedhof gehören zur »Dorfidylle«: weiß sich der bäuerliche Mensch auch eingebettet in Ewigkeiten. Vom Tod geht kein Schrecken aus: er ist auch hier nichts als Ruhe, Frieden, ernste Mahnung. Im Glauben, im Einverstandensein, nicht im Wissen, im Aufbegehren liegt Frieden, das Wandern bringt nicht Ruh, nur die Heimkehr, sind die Lebensspuren verweht und überwachsen.

Poccis »Bauern ABC«, zu seiner Zeit als Muster einer volkstümlichen Schreibweise gepriesen, wurde von Friedrich Beck – in Nr. 61 des Abendblattes der Neuen Münchner Zeitung vom 11. März 1856 – zustimmend besprochen: »Aus jeder Zeile weht der lebensvoll erquickende Atem echter Religiosität, eines liebevollen, innigen Gemütes und einer klaren, gediegenen Lebensansicht, die sich mit der überall hervorquellenden humoristischen Laune des Verfassers sehr wohl verträgt ... Unverkennbar ist es, daß unser Autor viel mit dem Landvolke verkehrt hat, daß er aus eigener Erfahrung und Anschauung spricht, wie er die ländlichen Zustände schildert oder Winke und Ratschläge gibt. Niemals aber verfällt er in den trockenen, moralisierenden oder sentimentalen Ton, der manche Bücher dieser Tendenz so unerquicklich macht.«

Getäuschte Liebe.

Zärtliche Gedichte sang im Abendlichte
Einst ich, liebefroh,
Aber meine Schöne liebte schon anderswo.

Und sie sprach zur Amme: Lösche seine Flamme
Brennend Lichterloh!
Und vom Söller scholl es:
Klimpert nur anderswo!

Ich und Amor floh.
Und zum Amor sprach ich:
Leuchte mir anderswo!

1867 erschienen Poccis »Herbstblätter«, seine Ernte an Lebensweisheit, Erfahrungen mit Welteinsicht verbunden, schon die große Nacht vor Augen, eingebracht unter dem »Abendgold« des Himmels, mit Abstand zum Leben: begriffen als ein Wandern von unbestimmter Abenteuerlichkeit. Die äußere Form verdankt Pocci dem zeitberühmten, an orientalischer Spruchdichtung angelehnten didaktischen »Laienbrevier« des Lyrikers und Novellisten Leopold Schefer (1784-1862).

Ein nachdenklich gläubiger Mensch spricht, aber sein Christentum ist nicht faustischen Geistes. Er umgibt das Lebens- und Weltgeheimnis mit fraglos ruhiger, wartend-erwartender Aufmerksamkeit, voll Zuversicht, dass uns der »Sinn« im Tode, verstanden als »Übergang«, aufgeschlossen werde. Es ist Begriff und Bild der Mitte. Poccis Verse (meist in fünffüßigen Jamben), thematisch ungeordnet, tagebuchartig, an- und abflutend entsprechend dem inneren Gefälle seiner Lebenseindrücke und Erfahrungen. Poccis Wort kennt rhetorischen Prunk und große Geste kaum, es ist streng und aufrichtig, jenseits aller Eitelkeit, hochgesinnt, reizbar feinfühlig, von sensibler Noblesse. Pocci ist von der Intelligenz her Melancholiker, teilweise Pessimist, vom Willen her Optimist, erfüllt vom Wertedenken, ganz bestimmt vom religiösen Gefühl.

Die Ab-Lösung von der Welt geschieht mit aller Eindringlichkeit der Gewissensreinigung. Schön ist das Leben und reich, eine berauschende Herrlichkeit: »Im blumenreichen Garten dieser Erde / Ergeh'n wir uns, da lockt es aller Orten / Und aus den Büschen winken die Sirenen, / In goldnen Schalen Nektar hold uns bietend«), Es gleicht dem Hinausblick auf ein Meer, der nirgends Ende noch Grenzen findet. Eine Lebensbejahung dieser Art ist nach Poccis Meinung Schuld, unheilvolle Verstrickung: gleichsam auf das Nichts gegründet. Das bestimmt Pocci – in ganz persönlicher Weise – zum »Kreuz«:

Von goldnem Schein umflossen grüßt der Heiland.
Sieh, was ich litt! - Und ringsumher ertönet
Vom Himmel mächt'ger Chöre ›Alleluja‹
Befreit von jenes süßen Wahns Bedrängnis
Flücht ich zu Ihm und werf am Kreuz mich nieder.

Auf alle Seelen- und Geistesfragen kennt Pocci nur die eine Antwort. Entsagend tritt der Dichter in die Karfreitagswelt ein. Um des »Ewigen« willen ist er bereit, das »Heute« preiszugeben, das »Gestern« ist abgetan, es gilt allein das »Morgen«.

In jedem von uns, wie Pocci hervorhebt, ist ein Stück »Tannhäuser«, wohl dem, »dessen Wanderstab nach frommer Fahrt noch einmal grünt!«

Viele Gedichte dieser Sammlung sind »Ermutigungen«, belehrende Weisung, vermächtnishaft an die Nachwelt weitergegeben, Bekenntnisse aus dem Gefühlsuntergrund, verhalten schwermütige Klage. Pocci litt wie Hölderlin im Blick auf »das Kleinliche und Barbarische der Welt«. Er gibt – in Parabeln – Ermahnungen zu gegenseitiger Hilfe, zum Miteinander, zur Geduld, mit Ausdruckssteigerung, was Gleichnisse vom »wahren Reichtum« betrifft, Träume des Besseren. Manches Schlusswort ist aus dem Gegensinn gesprochen.

Zahlreiche Bekenntnisse gelten der Musik; sie ist ihm reiner Lichtvollzug, das geheimnisvoll Schöpferische aus dem Seelengrund, Echo alles Wunderbaren, die – widertönende – Nacht der Zeit-Ewigkeit. Dem Romantiker erklingt die Natur symphonisch, sie tönt aus der grünen Dämmerung des Buchenwaldes, im kühlen Silberlicht der Frühe, im Mittagswind traumselig über der goldenen Saat, im Chorgesang der abendlichen Stimmen, aus dem nachtblauen Schweigen der Sternenhöhe:

Wo fändest du Musik nicht – willst du lauschen –
In der Natur? Ringsum tönt sie entgegen:
Im Morgenrote hörst du große Chöre,

Im Abendglühn geheimnisvolle Klänge,
Die Quelle rieselt töneperlend nieder,
Der Regen auch; es rauscht der Sturm Akkorde;
Dein eigen Herz – ist's nicht die heilige Harfe,
Mit deren letztem Hall verklingt dein Leben?

In der Verklärung durch Musik ist auch ihm das Leben, wie es ist, ergreifend genug. Erschütternde Heimwehworte überträgt sie auf wunderbare Weise in die Sphäre eines anderen, des eigentlichen Sinns.

Poccis »Herbstblättern« ist das Memento mori! eingebunden. Es stimmt zur Grundmelodie. Der Tod erscheint hier als Knochenmann, als »wilder Jäger« mit dem hetzenden Halali, als Charon, der die Toten schweigend ans »andere Ufer« bringt. Der Tod ist für Pocci gleichsam ein Tor in Gottes ewige Gegenwart und Zukunft. Der Dichter versucht hierin eine Botschaft der »Wahrheit« an die Welt: der Tod ist Bürge des unvergänglichen Lebens, er bedeutet keine letzte Wirklichkeit, in der Wert und Sein für immer versinken ins Nichts: Schweigen ist auch hier das letzte Selbstgespräch, das »große Ahnen« umschleiert sich, die Magie der Namen und Begriffe. Der stillen Trauer des Vorbei! antwortet die furchtbare Schwermut des Nie wieder!

Franz Graf Pocci, Aristokrat durch und durch, hierin hochkultivierte Lebensbesonderheit, war ein Kosmopolit des Geistes, deutscher Volksseele und deutschem Volksgeist zugleich bis in die nährende Wurzelschicht verbunden. Wahrer Adel ist Verpflichtung; und dies v.a. ist, wie er weiß, die unvergleichliche Würde des Guten, Edlen, der unendliche Gehalt des wahrhaft menschlichen Menschen, Hüter der Überlieferung aus hegender Liebe, die Hugo von Hofmannsthal – als Gesinnung – konservativ nannte.

Das Bemühen, das allesbefruchtende Herkommen zu schützen, dessen Kräfte zu pflegen, verborgene Schätze zu heben, als herrliche Besonderheit, war ihm Spiegelung und Ausdruck der Nötigung einer großen Liebe. Beredt verkündet Pocci, was ihm »echter Adel« bedeutet:

Sei menschlich immer – und nie schäme dich's zu sein;
Das Erste ist der Mensch – das And're Zutat
An Ehrenflitter, der nur diesseits gilt.
Die Menschlichkeit nimmst Du in jene Räume,
Wo unbekleidet sich die Seel' entpuppt.
Mit Kronen, Szeptern, Schwertern, Adelsschilden
Schmückt höhnisch sich der Knochenmann im Grabe;
Des Geistes Schmuck, der Seele edle Zierde
Magst du vor Gottes Richterstuhl hinlegen.
Was an dir ist von echtem, innrem Adel,
Das magst du wahren dir und menschlich sein;
Es ist der Ehrenkranz, der nie verwelkt.

Allen gleitenden Meinungen über den Adel setzt Pocci eine monumentale Überzeugung entgegen, eingeschworen auf inneren Gehalt und auf Stetigkeit. »Wahrer Adel« ist aus unerschütterlichem Kulturbewusstsein Schutz und Schirm geistiger Güter, er weiß ebenso um die »wahre Ehre«, die ihm Stachel ist zu unablässiger Tätigkeit, das Un-gewöhnliche, das Beste zu erreichen, wie um die »wahre Treue« aus dem unverlierbaren Grund des eigenen Selbst. Er ist Stolz und Stärke des Alleinseins, denn ohne Einsamkeit wächst kein inneres Leben, fern der Masse, deren »Gipfel« kein anderer sein kann als der Gipfel der Gemeinheit, der Gewöhnlichkeit, jedem Hass, jeder Lüge gefällig mit Grausamkeit und Zynismus, offen dem Heuchelgeheul der Hurenfurie, der Kanaille, der Triebkloake, der Metzger und Megären. Pocci ahnte die wachsende Präzision eiskalter Intellektualität, die Heraufkunft schamloser, drohender, menschenverachtender Theorien, künftiger Vernichtungswelten, durch Massenwahn und Weltparteiung, Weltentzweiung, Gegensatzreibung. Davon sprach schon die »wunderbare Geschichte in der Neujahrsnacht« von Jean Paul: »Wenn die bittere Zeit dagewesen ist, wo Menschenliebe in keinen Herzen mehr war, als in denen der Hunde.«

Pocci sah den Staat – wie Joseph Freiherr von Eichendorff – als »eine geistige Gemeinschaft zu einem möglichst vollkommenen Leben durch Entwicklung der Geistes- und Gemütskräfte im Volk«. Je stärker er die Bedrohung empfand, nicht zuletzt in Ahnungen einer Diktatur, ausgeübt durch die Mehrheit der Mindersten, gesammelt auf rohe Macht und baren Nutzen, desto entschiedener sprach Pocci die Inbegriffe adeligen Seins aus:

Wohlan, ihr edlen Herren wahrt die Schilde,
Die ihr von euren Ahnen habt geerbt,
Den Rost wischt davon ab, ziert sie mit Kränzen
Und ehret, was ihr wollt, dass Andre ehren!
Drum wie im blanken Harnisch ihr gerüstet
Vor Zeiten Schwert und Lanze habt geführt,
So kämpfet jetzt mit eures Geistes Waffen
Im edleren, geheiligten Turnier!
Bleibt fest im Sattel sitzen auf dem Rosse,
Wenn die Plebeier euch sich etwa nah'n,
Um euch herunter in den Staub zu zieh'n,
Damit sie sich an eure Stelle setzen.
Denn diess ist ja der alte Adelshass:
Der Bauer, der den Esel hat geritten,
Möchte auf das Herrenross sich schwingen.
Er soll's, wisst ihr es selbst zu tummeln nicht,
Wie jetz'ger Zeiten Aufschwung es begehrt.
An dem ist's nicht – wie's eure Ahnen thaten –
Des Körpers Stärke, Mann gen Mann zu prüfen
Und durch der Dörfer Felder hinzujagen
Mit Hundesmeute nach des Waldes Hirsch,
Die güld'nen Humpen leichter Hand zu heben
Und Dirnen nach Belieben sich zu fah'n;
Zu And'rem, edle Herrn, seid ihr berufen,

Wollt ihr, dass eure Schilde sei'n geehrt;
Mit edlem Beispiel geht voran, der Ehre Banner
hochschwingend, dass die And'ren gern auch folgen!
›Hie sind wir‹ rufet, wenn es gilt zu wahren
Das Vaterland und jede fromme Sitte!
›Hie sind wir‹ rufet, wenn die Wissenschaften
Und Künste suchen treuer Pflege Schutz;
›Hie sind wir‹ auf den Feldern, in den Wäldern,
In Schlössern und in Städten Schutz und Trutz!
Und haltet so ihr's – wird Gemeines schweigen
Und Alle werden sich den Schilden neigen.
Drum edle Herren, wahret sie in Ehren,
Den Rost wischt ab, schmückt sie mit neuen Kränzen!

Pocci war Monarchist, der republikanischen Regierungsform nicht zugetan. Gleich Heine hielt er es nicht mit den 300 Schneidergesellen, denen sich Ludwig Börne demagogisch anbiederte. Er stimmte mit Karl Gutzkow und Gustav Freytag darin überein, dass es allenthalben nur die Ritter vom Geiste sind, die selbständigen Einzelnen, auf denen Gedeihen und Fortschritt beruhen. Auch für Pocci hatte die Französische Revolution als historisches Ereignis etwas Abschließendes, Endgültiges: Erbe, Tradition war und blieb fortan ein (bedrohter) geistiger Wert. Ungeheures, Unwiderrufliches war in diesem Feuersturm geschehen. Eichendorffs Roman »Ahnung und Gegenwart« (1815) ist davon erfüllt: »So oft ich mich umsah, sah ich hinter mir nichts, als ein grenzenloses Abendrot.«

Die Gewalten, die so viele Einsichtige – aus Grundsätzlichem – als verderblich kennzeichneten, als Mächte der Zerstörung mit dem Drang zum Maßlosen, zur Brandschatzung, hatten Stimme und bald auch Vor-Macht gewonnen:

Und wieder blick' ich in vergangne Zeit:
Da seh' ich Henkersbeile, blut'ge Banner,
Als nacktes Weib vergöttert die Vernunft

Und mord- und siegestrunkne Pöbelhaufen –
Von Tausenden dünkt jeder sich ein König!
So wähle denn! doch laß' dich Klio lehren
Und forsche in der Muse heil'gen Büchern.
Von einem lieber will beherrscht ich sein,
Als von der Menge tausendfält'ger Macht.

Die »Herbstblätter«, das »poetische Testament Poccis« (H. Holland), enthalten eine Reihe von Gedichten, die religiöse Grundstimmungen und -gefühle artikulieren, entschieden in Glaubensäußerungen. Doch sind Bindung und Gesinnung nur selten in eindringliche Bilder gefasst, nichts zu großer Form bewältigt.

Mitunter überraschen die zarten und gewaltigen Fühlungen seines Herzens, im besonderen, wenn Pocci – mehrmals – vom Gebet spricht, das ihm gleichsam eine Vollzugsform der Ablösung von den irdischen Dingen ist, in der Gott die Annäherung annimmt, kraft einer schon von der Ewigkeit erfüllten Innigkeit.

Pocci hasste den Lärm der schreienden Behauptungen, das zynisch oder anmaßend in Frage stellende Forschen und Denken, die Übertäubung der Leere durch Rausch und freche Verneinung:

Und ähnlich tun es, die sich selbst vergötternd
Im Geiste töten, wenn der Opferrauch
Des Nächsten etwa gegen Himmel steigt;
Mit dem Homunculus in der Retorte
Erzeugen unbewußt sie Spottgeburt;
Das Glas zerspringt – da liegt in tausend Scherben
Die hohle Weisheit samt dem Inhalt doch,
Und vor dem Gotte, den er kühn verleugnet,
Erbärmlich und armselig steht der Tor!

Mehr galt ihm das Staunen vor dem Sein, die geistige Neugierde: als unerläßliche Voraussetzung der Philosophie; das bloße Wissen bedeutete Pocci nichts, nur im Glauben sah er ein

Ganzes. Qual und Unruhe des Kampfes um die Wahrheit waren ihm fremd; dass er Mensch ist und in der Endlichkeit steht, erfüllte ihn – fraglos – mit Demut.

Ob Unsterblichkeit ist? Wir wissen nur vom Tod. Schon das Stillwerden der Lebenswirklichkeiten wäre Gnade und genug, das Ausebben des Meeres von Menschenleid. Wir vergehn, nur dies ist gewiss. Der Blick in ein Sein ohne Ende ist Illusion. Größer als jedes Erwarten ist der Trost der Vergängnis.

In den »Gedenkblättern« sah Pocci, vorgeschrittenen Alters, dem aufziehenden Abendrot entgegen. Es kündigte auch ihm, wie nur dem Gläubigen, einen künftigen »herrlichen Tag« an, ohne Zweifelsangst vor dem Dunkel der Nacht, das zwischen diesem »schönen Abend« und dem »noch schöneren Morgen« liegt.

Poccis »Herbstblätter« wurden von der Kritik beachtet und überwiegend wohlwollend besprochen: »Es rauscht ein weihevoller Ernst durch diesen Herbstwald, ein demütiges Confiteor und ein mannhaftes Credo.«

Ein Vermächtnis seiner Persönlichkeit, geprägt von Edelsinn, Toleranz und Menschenliebe. Ein Ertrag von Antworten seines milden Fragens, den Menschen zugeneigt – wie nur ein Dichter – aus seines »Herzens Verschwendung«. Liebe zum Leben, zur Schönheit war für Pocci eine Form des ewigen Seins, fand er dafür auch nicht das wunderbar gültige Wort.

Franz von Pocci, der – gleich Edward Burne-Jones (1833-1898) – unaufhörlich malen wollte: »sieben Tausend Jahre lang«, wie der englische Präraffaelit kurz vor seinem Tode sagte, liebte als Romantiker die Farbe blau, die Symbolfarbe des Ewigen, Immer-Währenden: gleich dem Himmel, der sich – zeitlos und unendlich – über die Erde spannt, gleich der sternbesäten Nacht, die alles Leben in die große Ruhe führt.

In der Farbenlehre seiner Jagdallegorie berichtet Hadamar von Laber (um 1370): »Blau soll mit Recht erzeigen / Die Stäte ohn alles Wanken.« Hugo von Montfort mischt später Vergleich und Symbolik im Rühmen einer ebenso schönen wie treuen Frau:

»Ihr Haar ist gel für Blumenschein / Blau staht in ihrem Herzen.« Eine Anmerkung in Jean Pauls »Titan« weist daraufhin, dass »die Himmelskönigin, Juno, von den Alten immer blau verschleiert« wurde. Der blaue Mantel ist schließlich von Juno auf Maria, die christ-katholische Himmelskönigin, übergegangen, in (relativ früh einsetzender) symbolisch ausdeutender Huldigung ihrer reinen Treue. Seit ältester Zeit ist Blau die verehrteste Farbe; der Lapislazuli war im Altertum der begehrteste Edelstein, während der Indigo »Dar-neken« hieß, der »vor Schaden bewahrende« Farbstoff. Den Alten galt Blau, wie Eusebios betont, als Götterfarbe, besonders im Hinblick auf das Kleid der Göttermutter vor dem Hintergrund des blauen Himmels.

Bereits im germanischen Altertum begegnet uns Blau als Farbsymbol der Treue und Beständigkeit, und die Gabe blauer Blumen bezog es auf entsprechende Tugenden des Menschen.

Der Romantiker Novalis wies einmal darauf hin, dass die Farbe des Heinrich von Ofterdingen blau sein solle, und dies meint, alles Wirkliche sollte sein Eigenkolorit verlieren, entsinnlicht und vergeistigt werden durch die poetische Stimmung, wie die zarte, duftige Fernfarbe sie symbolisiert. Die »Blaue Blume« (im Sinne des Novalis) ist dann allgemein das Zeichen solch romantischen Künstlertums, ein Gebilde seelisch-geistiger Schau, ein prophetisches Traumbild aus der innersten Wunschkraft einer schon sehr vergeistigten Seele. Nur der Dichter findet sie; Zeit, Raum und sinnliche Welt werden ihm wie ferner Traum, und aus Traum und Sehnsucht erbildet er die wahre, die geheime Welt. Über das Dingliche hinaus will der romantische Dichter in das Wesen dringen und das »geheime Wort« erlauschen. Das Pflücken der »Blauen Blume« eröffnet also die Wahrnehmung des Sinnes geisterhöhter Menschen, in denen Gottes Wort, der Logos, schöpferisch erweckt wird. Für den romantischen Lyriker ist dies vornehmlich beschlossen im Erlebnis der Nacht und ihrer Sternenweite.

Schon 1834 hatte Pocci, »erbgesessen auf dem hohen Schloß der Romantik«, wie auch sein Biograph, Hyazinth Holland, schrieb, »selbst ein ›letzter Ritter‹ der Romantik«, den Meister der Spätromantik kennengelernt: Moritz von Schwind (1804-1871); im August 1837 wurde auf der Humpenburg ein Abschied des Künstlers gefeiert. 1853 war Schwind längere Zeit Gast auf Schloss Ammerland. Die Welt Moritz von Schwinds war – zeitlebens – auch seine Welt: zugetan ihrer Sagen- und Märchenfülle, ihren Wald- und Wassermythen, den Symbolkreisen romantischen Träumens, ewig auf der Suche nach dem Lichtquell der Nacht, »verloren ins weite Blau«.

Die ihm nahestanden, berichteten übereinstimmend: »Seinen Tod erwartete Pocci mit besonnenem Gleichmut lange voraus.« Für den Romantiker gibt es kein Ende, nur ein ewiges Weiter im Werden. Tieferblickende hatten den Eindruck, dass er, müde bis auf den Grund, den Tod ersehnte: »Grab ist ein gar traurig Wörtlein für alle, die schon was Liebes darin ruhen haben; wächst aber auf den Gräbern das grüne Gras und die Blumen blühen darauf alle Frühling und Sommer, setzt sich hier und da manch Vöglein hin, ein lieblich Lied zu singen, so deutet alles auf ein Wiederaufleben und auf eine Erlösung vom Tode.« Nach Hegels Überzeugung sollte es die Gesamtauffassung des Abendlandes sein, dass der Tod nicht nur verjünge, sondern erhöhe, verkläre.

»Wer mir durch den dunklen Mutterleib half«, war die Hoffnung Rahel Varnhagens, »bringt mich auch durch die dunkle Erde.«

Franz Graf von Pocci starb am 7. Mai 1876 in den Eschenanlagen am Maximiliansplatz neben seinem Münchner Hause; die Familiengruft in Münsing unweit Ammerland nahm den Toten in schlichter Feier auf. Eine Kundgebung eigener Art wurde ihm zuteil: Isabella Braun berichtet davon in ihrem Nachruf »Franz Graf Pocci als Kinderfreund und Jugendschriftsteller« (1876): »Als am 13. Mai 1876 sich die Pforten der Basilika zum Trauergottesdienst für Franz Pocci öffneten, um die Leidtragenden aus den Kreisen des Adels und des Volkes aufzunehmen (es schlug eben 11 Uhr und die Schule war beendet), da kamen ehrfürchtig auf den Fußspitzen, das Ränzel auf dem Rücken, die Schultafel unter den Armen, durch beide Seitentüren Scharen von Knaben und Mädchen und wohnten bis zum Ende der Leichenfeier bei.«[4]

Erinnern wir uns der ergreifenden Beichte des Fünfzigjährigen Justinus Kerner gegenüber: »Ich bin eigentlich ein Lump, bedenke ich, was ich hätte werden können!« Pocci hat damit selbst dem Pauschalurteil über den »Dilettanten« vorgearbeitet. Er war dies und zugleich mehr. Franz Graf Pocci, der Versbücher, Märchendramen, Volksstücke und Puppenspiele dichtete, Bilderbücher für Kinder und Karikaturen für die »Fliegenden Blätter« zeichnete, Volks-, Studenten-, Jäger- und Soldatenlieder illustrierte, Lieder, Klavierstücke, Opern und Singspiele komponierte, steht als unverwechselbar Eigener vor uns.

---

[4] Am 15. 5. 1877 übertrug Albertine Gräfin Pocci, die Witwe des Dichters, J.L. Schmid das alleinige Aufführungsrecht aller Kasperl-Komödien ihres Gatten.

Er ragt nicht in das Überzeitliche empor und ist dennoch unvergessen. Er hat unzählige Kinderherzen erfreut und wird dies - in besseren Zeiten - wieder und weiter tun. Seine Welt ist die leuchtend bunte Welt der Phantasie, bevölkert von unzähligen - lustigen oder skurrilen - Gestalten: Kasperl an der Spitze, Gretl zur Seite. Welches Gefolge: der Zauberer Negrocephalus und sein Famulus Putzlmaier; der böse Magier Negromantikus; Hofrat Dünkelmayer; der reisende Naturforscher Gerstlmaier; Professor Gerstenzucker und sein Affe; Sarastro (als privatisierender greiser Magier); Lüpel, ein furchtbarer Riese; Kater Muzl, »eigentlich Professor Katzengold«; Meergott Neptunus; Bürgermeister Zipfelberger; Dr. Sassafras; Wolf, Schnauz und Rotaug, Fangauf und Schnapper: alles böse Räubersg'selln; der Teufel, der Tod (auch »Herr Knochenmayer«); die schöne Fee Zimberimbimba; der Riese Schlafdorn; Mumurikarbatschi, Hofprofos; die Leibmohrin Mimikatzi; Kislar-Fagotschi, Kapellmeister; Sultan Schurimuri; Schluwi, Häuptling der Leuwutschen; Kammerherr Signor Gummielastico; Nachtwächter Schneck; Polizei-Kommissär Karrnpichler; Schnuffler, Polizeidiener; Schneider Knöpfl; mehrere wilde »Insulaner in Trikot«, ein Krokodil, ein Delphin. Aus diesem unübersehbaren Zug der Gestalten hebt sich das gütige Gesicht eines Mannes, Kindern zugetan in Wunsch und Neigung, Einfluss zu nehmen auf ihr Werden, das Gute zu entwickeln mit Lachen, alles Schlechte, alle Narrheit abzukanzeln mit Kasperls stehender Redewendung »Schlipperdibix«.

Er lehrte Kindern die Weisheit Wilhelm Raabes, »zu den Sternen aufzublicken« und »acht zu haben auf die Gassen«, eingedenk des Besten und Reinsten aus unserem Leben, das Kindheit und Jugend heißt:

Sieh, wie Mond und Sterne wandern
So getreulich ihre Bahn,
Keiner stoßet an den andern;
Kind, erbaue dich daran!

Wenn die Menschen doch hienieden
Wären wie die Sterne dort,
und ein jeder still in Frieden
Bliebe treu an seinem Ortl

Leuchten würde dann ihr Leben
Wie am Himmel Mond und Stern,
Denen Gott das Licht gegeben
Glänzend aus den Höhen fern!

(»Der gestirnte Himmel«)

Pocci selbst verkündete 1841 im Vorwort zum ersten Band seiner »Geschichten und Lieder mit Bildern«:

Ihr lieben Kinder groß und klein,
Die ihr da stehet, kommt herein
Ich zeig in meinem Garten
Euch Blumen aller Arten ...

So kommt denn unverdrossen.
Und ist die Tür' geschlossen,
Geb ich Euch hier ein Schlüsselein,
Das soll von Euch bewahret sein,

Das Schlüsselein es ist von Gold,
Ich hab's aus fernem Land geholt,
Das ist das Reich der Phantasei,
Wo immer blüht der Kindheit Mai,

Ihr, die ihr nicht wollt Kinder sein,
Geht nicht in meinen Garten ein!
Ihr seht ja nicht der Blumen Licht,
Ihr hört der Vögel Lieder nicht,

Ihr atmet nicht der Lilie Duft,
Seht nicht Glühwürmlein in der Luft.
Ihr Kleinen aber kommt herein,
Ihr sollt mir gern willkommen sein!

Das ist die eine Schicht. Aber die Wurzeln reichen tiefer. Das Titelblatt zum »Lustigen Komödienbüchlein« zeigt einen Schalksnarren: er hält sich – mit hintergründigem Lächeln – Poccis Maske vor. Wir ahnen, was sich dahinter verbirgt; Schwermut, auf Dunkles gerichtet: die Unbegreiflichkeit der Lebensvorgänge trifft das Herz. Er wusste um die Schranken des irdischen Daseins, um die Verhüllungen und Zwänge und befreite sich durch Humor.

Lustiges
Komödienbüchlein
von
Franz Pocci.
Fünftes Bändchen.
München.
Druck und Verlag von Ernst Stahl.
1875.

So Ernstes hat Pocci immer bewegt; durch Kasperls Fröhlichkeit blitzt die Kraft der Selbstbefreiung. Ein Singen mit weinendem Herzen, wie es Pocci dem Freunde Justinus Kerner schon am Karfreitag 1842 bekannte. Dieses melancholische Bekenntnis hat Pocci – in seinem Todesjahr – wiederholt, als er Franz von Kobell am 22. Februar 1876 sein »Lustiges Komödienbüchlein« übersandte:

Ein lustiges Komödienbuch
Voll Possen wohl und nur zum Lachen
So meint Ihr sei's; damit genug!
Doch ach! So konnt' ich es nicht machen.

Es reichen ja Humor und Schmerz,
Die Hände immer sich im Leben,
Und wer sich greift ans eig'ne Herz,
Wird oft in Zwiespalt schweben.

Oft wenn's Dir nicht um's Lachen ist,
Sollst fröhlich Du erscheinen,
Und wenn Du bitter traurig bist,
Darfst Du beileib nicht weinen.

So möge dies Komödienbuch
Ein Spiegel nur erscheinen
Des Menschenlebens – Lug und Trug,
Zum Lachen und zum Weinen.«

Weltgetriebe.

Der Maler malt's, der Dichter will es deuten,
Und er erklärts den unverständ'gen Leuten,
Der Critikus der liest's mit wicht'ger Miene,
Als ob's nicht just und passend ihm erschiene —
Bis endlich er den Dichter selbst besinget, —
Doch wenigstens bekräht — wenns nicht gelinget.
Die Leute lesen's — Zeit sich zu vertreiben,
Und so wirds wiederum beim Alten bleiben;
Der Maler hats gemalt, Poeta hat gesungen,
Ein Dritter zum Bekritteln sich verdungen —
Das Publikum tritt ein — bald ist's zu Ende,
Der Vorhang fällt, man klatscht sich in die Hände.

Und nun ist die Geschicht' zu End',
Der Kasperl macht sein Compliment.